中国教育学会中学语文教学专业委员会专家审定

青少年经典阅读书系〔名师解读〕
QINGSHAONIAN JINGDIAN YUEDU SHUXI

WAIGUO
SHENHUA GUSHI

外国神话故事
【50个美丽动人的外国神话】

《青少年经典阅读书系》编委会 ◎ 主编

首都师范大学出版社
CAPITAL NORMAL UNIVERSITY PRESS

图书在版编目(CIP)数据

外国神话故事/《青少年经典阅读书系》编委会主编.—北京：首都师范大学出版社,2011.11(2023年10月重印)
(青少年经典阅读书系.中外故事系列)
ISBN 978-7-5656-0517-8

Ⅰ.①外… Ⅱ.①青… Ⅲ.①神话-作品集-世界 Ⅳ.①I17

中国版本图书馆 CIP 数据核字(2011)第 221947 号

外国神话故事

《青少年经典阅读书系》编委会 主编

策划编辑　李佳健
首都师范大学出版社出版发行
地　　址　北京西三环北路 105 号
邮　　编　100048
电　　话　68418523(总编室)　68418521(发行部)
网　　址　www.cnupn.com.cn
印　　厂　汇昌印刷(天津)有限公司
经　　销　全国新华书店发行
版　　次　2012 年 7 月第 1 版
印　　次　2023 年 10 月第 6 次印刷
书　　号　978-7-5656-0517-8
开　　本　710mm×1000mm　1/16
印　　张　9.5
字　　数　130 千
定　　价　24.00 元

版权所有　违者必究
如有质量问题请与出版社联系退换

总 序
Total order

  被称为经典的作品是人类精神宝库中最灿烂的部分，是经过岁月的磨砺及时间的检验而沉淀下来的宝贵文化遗产，凝结着人类的睿智与哲思。在滔滔的历史长河里，大浪淘沙，能够留存下来的必然是精华中的精华，是闪闪发光的黄金。在浩瀚的书海中如何才能找到我们所渴望的精华——那些闪闪发光的黄金呢？唯一的办法，我想那就是去阅读经典了！

  说起文学经典的教育和影响，我们每个人都会立刻想起我们读过的许许多多优秀的作品——那些童话、诗歌、小说、散文等，会立刻想起我们阅读时的那种美好的精神享受的过程，那种完全沉浸其中、受着作品的感染，与作品中的人物，或者有时就是与作者一起欢笑、一起悲哭、一起激愤、一起评判。读过之后，还要长时间地想着，想着……这个过程其实就是我们接受文学经典的熏陶感染的过程，接受文学教育的过程。每一部优秀的传世经典作品的背后，都站着一位杰出的人，都有一个高尚的灵魂。经常地接受他们的教育，同他们对话，他们对社会与对人生的睿智的思考、对美的不懈的追求，怎么会不点点滴滴地渗透到我们的心灵，渗透到我们的思想和感情里呢！巴金先生说："读书是在别人思想的帮助下，建立自己的思想。""品读经典似饮清露，鉴赏圣书如含甘饴。"这些话说得多么恰当，这些感

总　序
Total order

　　受多么美好啊！让我们展开双臂、敞开心灵，去和那些高尚的灵魂、不朽的作品去对话，交流吧，一个吸收了优秀的多元文化滋养的人，才能做到营养均衡，才能成为精神上最丰富、最健康的人。这样的人，才能有眼光，才能不怕挫折，才能一往无前，因而才有可能走在队伍的前列。

　　"首师经典阅读书系"给了我们一把打开智慧之门的钥匙，会让我们结识世界上许许多多优秀的作家作品，会让这个世界的许多秘密在我们面前一览无余地展开，会让我们更好地去感悟时间的纵深和历史的厚重。

　　来吧！让我们一起品读"经典"！

国家教育部中小学继续教育教材评审专家
中国教育学会中学语文教学专业委员会秘书长

丛书编委会

丛书策划　李佳健
　　　　　王　安
主　　编　李佳健
副主编　　张　蕾
编　　委（排名不分先后）
　　　　　张　蕾　李佳健　安晓东　王　晶　高　欢
　　　　　徐　可　李广顺　刘　朔　欧阳丽　李秀芹
　　　　　朱秀梅　王亚翠　赵　蕾　黄秀燕　王　宁
　　　　　邱大曼　李艳玲　孙光继　李海芸

目录

面包树 / 1

渔翁和魔鬼 / 3

神灯 / 5

耶稣出生的传说 / 8

创世纪 / 12

诺亚方舟 / 14

世界的起源和众神的诞生 / 16

宙斯 / 18

波塞冬和海神 / 20

哈得斯冥国 / 22

赫拉 / 24

伊娥 / 26

阿波罗 / 28

达芙涅 / 30

阿尔忒弥斯 / 32

阿克泰翁 / 34

雅典娜 / 36

赫耳墨斯 / 39

阿瑞斯 / 40

阿芙罗狄忒 / 42

皮格马利翁 / 44

纳尔基索斯 / 46

阿多尼斯 / 49

埃罗斯 / 51

赫菲斯托斯 / 52

得墨忒尔与佩尔塞福涅 / 53

特里普托勒摩斯 / 55

埃律西克通 / 56

夜神、月神 / 58

太阳神和他的儿子 / 59

酒神狄奥尼索斯 / 61

潘 / 64

五个时代 / 67

杜卡利翁和皮拉（洪水）/ 68

目录

盗火英雄——普罗米修斯 / 70

珀耳修斯 / 72

潘多拉 / 76

欧罗巴 / 78

代达洛斯和伊卡罗斯 / 80

忒修斯 / 83

库帕里索斯 / 89

特洛伊的传说 / 91

赫拉克勒斯 / 105

阿尔克墨翁 / 112

俄狄浦斯的童年、少年 / 114

俄狄浦斯在忒拜 / 118

俄狄浦斯之死 / 122

七将攻忒拜 / 130

安提戈涅 / 139

后辈英雄的远征 / 143

面包树

面包树生长在南太平洋的一些岛屿上，树干粗大，枝叶茂盛，结出的果实是当地居民不可缺少的粮食。面包果营养丰富，含有大量淀粉和维生素，放在火上烘烤到黄色时，松软可口，酸中有甜，味道和真的面包差不多。

古老的印度有一户人家，住着一个老头、他的儿子、佣人和一只狗，他们过着贫困的生活。慈悲之神布拉赫玛想帮助他们。但是，他不知道他们值不值得帮，于是决定先试探一下。

一天，干旱的大地上下起了滂沱大雨。贫困的一家人没法下地干活，只好待在家中，家中的食物只剩最后几个面包了。这时，"嘭！嘭！"有人敲他们家的门，打开门一看，是一个乞丐，他说他饿极了，需要点面包。"把我的面包给他吧！"老头说，"他那么大年龄，连一个挡风避雨的地方都没有，比我们更可怜，但愿布拉赫玛保佑我们。"佣人很不情愿地给了乞丐一个面包。第二天，乞丐又来要面包吃，老头很为难，他停顿了一下，对佣人说："把你的面包给他吧，慈悲的布拉赫玛会赐福给你的。"佣人平静地把自己的面包给了乞丐。又过了几天，乞丐又来敲门了，老头说："把我儿子的面包给他，虽然他会挨饿，但这样可以使他学会帮助别人。"佣人带着同情的眼光又给了乞丐一个面包。可没几天，乞丐第四次又来登门了。老头说："把狗的那个面包也给他吧，虽然狗会挨饿，但是只要能减轻这位兄弟的贫困，我想狗要是能明白，狗也会愿意的。"佣人欣然拿出最后一个面包给了乞丐。这时，雨停了，天空出现了一道美丽的彩虹。再看乞丐，转眼间，他的破衣烂衫变成了华丽的服

滂沱（pāngtuó）：雨下得很大。

赐（cì）：地位高的人把财物送给地位低的人。

虽然……但……：表转折。

2　外国神话故事

饰，金色的光环笼罩在他头顶。布拉赫玛现出了他本来的面目。他交给了佣人一颗杏一样大的种子，说："把它交给你那慈悲善良的主人吧，种下它会长出果实，你们永远不会再挨饿了。"佣人惊喜地把种子交给主人，等他们出来拜谢时，慈悲之神已经不见了。老头在门前种下了那粒神奇的种子，霎时，种子便发芽、成长，变成一棵高大茁壮、枝繁叶茂的大树，树上结着的四个巨大面包散发出阵阵诱人的香味。从此面包树便在印度出现了，那是布拉赫玛对慈悲者的恩赐。

霎（shà）时：立刻。

茁（zhuó）壮：强壮。

渔翁和魔鬼

一个渔翁捡到一个铜瓶，铜瓶里钻出的魔鬼反而恩将仇报，要杀死渔翁，渔翁该怎么办呢？

古时候，有个以打鱼为业的渔翁。他非常善良，每天只撒四次网。

一天，他下海打鱼，前三网一无所获。他不禁叹息道："主啊，你知道我每日只撒四网，这最后一网请你发发慈悲吧。"说着，他撒下了第四网。这一网确实与前三网不同，网很沉，他费了很大的劲儿才将渔网拖上岸来。

他打开一看，发现里面有一个胆形的黄铜瓶，瓶口用锡封着，盖着苏莱曼的印章。渔翁见了非常高兴，自言自语道："我把瓶子拿到市上，说不定可以换回十个金币。"

锡(xī)：银白色金属。

他拿起铜瓶，摇了摇，发现瓶子很沉，于是他又想：还是打开看看里面装着什么，然后再拿去卖。于是，他抽出小刀，小心撬去瓶口的锡封，然后反过来，想把里面的东西倒出来。

撬(qiào)：把棍棒或刀、锥等的一头插入缝中或孔中，用力扳另一头。

过了一会儿，瓶子里冒出一股青烟，青烟越聚越浓，继而凝成一团，最后变成了一个魔鬼，站在他的面前。

这个魔鬼像小山一般高，披头散发，龇牙咧嘴，长着灯笼大的眼睛，样子非常丑陋。渔翁看着这个魔鬼，吓得浑身发抖。

龇(zī)牙咧(liě)嘴：露出牙齿，张开嘴，形容凶狠或疼痛的样子。

魔鬼看见渔翁，生气地说："告诉我，你想怎样死？"渔夫莫名其妙："我救了你的命啊！"

"渔夫，你听听我的故事吧。我本是个离经叛道的天神，因为触犯了所罗门，所以才被塞入瓶子里，投进大海。

离经叛道：泛指背离正统的思想和传统。

4 外国神话故事

荣华：比喻兴盛或显达。

"在第一个一百年里，我想：谁要能把我救出来，我一定让他享受荣华富贵。可是，一百年过去了，没有人来救我。

"在第二个一百年里，我想：谁把我救出来，我满足他三个愿望。可是，仍没人来救我。

"过了四百年，我不耐烦了。就说：谁要在这个时候再来解救我，我要杀死他。不过，可以让他选择怎样死。现在你该明白了吧？"

镇定：遇到紧急的情况不慌不乱。

渔翁逐渐镇定下来，他暗下决心，一定要凭智慧战胜魔鬼。于是便说："你要杀我可以，只是有一件事我想问个明白，你的身子这么大，而瓶子却这么小，你是怎么钻进去的呢？"

魔鬼听完后哈哈大笑，说："好办。"摇身一变，化作一股青烟，慢慢钻进瓶子里。

等到青烟全部进入瓶中，渔翁迅速将瓶口紧紧堵住，然后拿着瓶说："我要把你这个恩将仇报的恶魔投进海里。"

魔鬼听了渔翁的话，方知中计，便在瓶中求饶说："渔翁，求求你，这回你把我放出来，我一定好好报答你。"

"我再也不会上你的当了。"渔翁说完，便毫不留情地把黄铜瓶扔进了大海。

神灯

> 阿拉丁拥有一盏满足他任何愿望的神灯，当他与公主成婚后，神灯被狡猾的魔法师骗走了，阿拉丁该如何夺回神灯呢？

阿拉丁是一个淘气的小伙子，家境很贫寒。父亲病逝后，老母亲靠织布养活一家。一天，阿拉丁正在广场玩耍，来了一个非洲魔法师。魔法师看中了阿拉丁，答应带阿拉丁去看神奇的东西。

第二天，魔法师把阿拉丁带到一处风景迷人的地方。那魔法师口吐咒语，点燃了草木丛，又向火堆撒了一把香。大地轻轻一动，地上出现了一个洞，洞口有一个石碑，碑上有一对金属环。非洲魔法师命阿拉丁去拎开石碑。

阿拉丁早已吓得不知所措，根本不敢去拎石碑。魔法师这时露出了真面目，狠狠地打了阿拉丁一记耳光。阿拉丁嘴角流着血，拎开石碑，按魔法师的命令，走进洞去。

魔法师把一枚戒指戴在阿拉丁的手上，告诉他边走边敲着戒指，就没有危险。洞里有一盏神灯，取灯时不要去摘花园的果子，回来时可以摘些果子。原来这位魔法师早已知道这里有宝藏，只是他必须找到像阿拉丁这样的孩子，才能平安地取到宝物。

阿拉丁走进洞中，便见到三个宽敞的大厅，大厅一侧有花园，屋子里的壁龛里放着神灯。阿拉丁取下神灯，又去花园摘果子，正要吃时，见果子全变成珍珠和宝石，便摘了满满一怀。到了洞口，阿拉丁抱得太多，出不去。魔法师一心想取到神灯，但又进不来。魔法师让阿拉丁交出神灯，阿拉丁不肯。魔法师盛怒之下，使起魔法，盖住了洞口。

咒（zhòu）语：某些宗教或巫术中的密语。

壁龛（kān）：供奉神佛的壁橱。

阿拉丁在洞中饿了几天，这才想起手中的那枚戒指，他敲了一下戒指，洞口便开了。这一次阿拉丁学乖了，留下珠宝，只带出了神灯。

虽然有了神灯，但阿拉丁母子俩仍过着穷苦的日子。有一天，阿拉丁又出去找活干了，母亲决定把灯擦一擦，拿出去卖了，换点儿粮食。谁想刚一擦灯，竟从灯里变出一个巨人。巨人说："你要什么东西？我只听拥有这盏灯的人地吩咐。"母亲一听，吓得昏倒在地。邻居们连忙找回阿拉丁。

阿拉丁像母亲那样摩擦那盏灯，巨人又走了出来。阿拉丁颤抖着说："我饿了，我想吃点儿东西。"

巨人立即端来一大盘美味，盘子和杯子全是金银做的。阿拉丁虽然有了神灯，但不到万不得已，不去向它求助。有一天，美丽的公主出游归来，阿拉丁从未见过如此美貌的女子，回到家里便情思绵绵，不能自拔。

母亲唉声叹气地劝他："你赶快打消了这个念头吧，国王的女儿不是我们这般贫贱人家能娶的。"

阿拉丁无法忘掉公主，苦苦哀求母亲去提亲。母亲只得求助于神灯。巨人拿出了无数珍奇异宝，作为聘礼，又准备了四十名黑白奴隶，手托盛满金银宝石的托盘，前往王宫求亲。国王终于应允了这桩婚事。婚礼前的那个晚上，巨人帮助阿拉丁在王宫前面，一夜之间建起了一座富丽堂皇的宫殿，在这个豪华而富有的宫殿里，阿拉丁和公主过着幸福美满的生活。

这神奇的故事迅速传开，那位魔法师也知道了神灯的奇迹，决定报复阿拉丁，夺回神灯。有一天，阿拉丁不在宫中，魔法师化装成一个买旧灯的人。公主用惯了新的东西，早就看不惯丈夫珍藏着的那盏旧灯，于是把它卖给了魔法师。

魔法师对巨人说："把阿拉丁的妻子和宫殿搬到非洲去吧。"巨人照办了。阿拉丁回家，突然不见了宫殿和公主，忧心如焚。国王也发怒了："你三天内不找回公主，我砍了你的头！"阿拉丁急得直搓手，无意中又碰到那枚戒指，巨人突然出现在面前。阿

搓（cuō）手：两个手掌反复摩擦。

拉丁命令巨人把他立即带到公主身边。

阿拉丁见到公主，让公主用迷魂药迷倒了魔法师，夫妻二人夺回神灯，回到家乡去了。

魔法师的弟弟施魔法的本领更高强，他知道哥哥的事情后，决定替哥哥报仇，于是扮成女人混进王宫。有一次，这个假女人建议公主在宫殿顶上刻一只白色的鹰。公主告诉了阿拉丁，阿拉丁欣然同意，就去求神灯里的巨人。巨人说："刻一只鹰不难，但刻上这只鹰，女主人便会有难。这是那个女人的阴谋。他也不是女人，他是魔法师的弟弟。"

阿拉丁知道实情后便装起病来，那女人假装过来问候，走到床前，掏出匕首刺向阿拉丁。阿拉丁早有防备，夺过匕首刺死了魔法师的弟弟。

匕(bǐ)首：短剑或狭长的短刀。

阿拉丁和公主继续过着幸福的生活。不久，阿拉丁还继承了王位。

耶稣出生的传说

耶稣在《圣经》中扮演了救世主的角色，他的出生本身就是一个传奇。

在希律王统治的时候，犹太的伯利恒城有一个木匠，名叫约瑟，是大卫的后裔。约瑟的未婚妻玛利亚受了圣灵的启示，还没有过门就怀孕了。约瑟是个义人，不愿意当面羞辱她，就想暗地里把她休了。他正在计划着这件事，主的使者在梦中向他显现，对他说："大卫的子孙约瑟，不要怕，只管娶你的妻子玛利亚过来，因为她所怀的孕是从圣灵来的。她将要生一个儿子，你要给他起名叫耶稣，因为他要将自己的百姓从罪恶里救出来。"约瑟醒来，就遵照主的使者地吩咐，把玛利亚娶过来。他没有跟她同房，等她生下了儿子，就给儿子取名叫耶稣。这件事正应验了主借着先知以赛亚所说的话："必有童女怀孕生子，人要称他的名为以马内利。"

耶稣刚一降生，就有几个东方博士来到耶路撒冷，对人说："那生下来要做犹太人之王的人在哪里？我们在东方看见他的星，特来拜见他。"希律王听见了，心里很不安；耶路撒冷全城的人也都不安。希律王召来祭司长和民间的文士，问他们："基督生在何处？"他们回答说，应该生在犹太的伯利恒。因为先知弥迦曾预言说："犹太的伯利恒啊，你在犹太诸城中并不是最小的，因为将来有一位君王要从你那里来，牧养我以色列民。"他们据此断定基督出生在伯利恒。希律王又暗暗召见那几个东方博士，向他们打听那颗星出现的时辰，然后对他们

> 以马内利：上帝与我们同在的意思。

说："你们去仔细寻访那小孩子，寻到了，就回来报信，我也好去拜见。"东方博士就起身前往伯利恒，正走着，他们在东方看见的那颗星忽然出现在他们面前，在前头引路，一直把他们带到约瑟的家门前。他们进了屋，看见小孩子正躺在母亲玛利亚的怀里，就都俯身去拜那小孩子，然后打开宝盒，拿黄金、乳香和没药为礼物献给他。博士回去的时候，不走原路，绕开了耶路撒冷，因为他们已在梦中得到主的指示，要他们不要去见希律王。

博士离开后，主的使者在梦中向约瑟显现，对他说："起来！带着小孩子同他母亲逃往埃及，住在那里，等我吩咐你，因为希律王一定要寻找小孩子，并消灭他。"约瑟急忙起来，带着孩子和玛利亚连夜逃往埃及，在那里住下，直到希律王死去。这正应验了主借先知所说的话："我从埃及召出我的儿子来。"

希律王等了很长时间，不见博士来向他报信，才知道受了愚弄，就大为恼怒，下令将伯利恒城里两岁以下的婴儿全部杀死，他是根据博士提供的时间来推算婴儿的岁数的。这也应了先知耶利米的话："在拉玛听见号啕大哭的声音，是拉结哭她儿女；不肯受安慰，因为他们都不在了。"

希律王死后，主的使者又在梦中向约瑟显现，对他说："起来！带着小孩子和他母亲往以色列去，因为要害小孩子性命的人已经死了。"约瑟便带着孩子和妻子玛利亚回到以色列境内。这时希律王的儿子亚基老做了犹太王，约瑟心存疑惧，不敢回到伯利恒城。主指示他前往加利利境内去。他到了一座城，名叫拿撒勒，就在那里住下。这便又应验了先知所说的耶稣将被称为拿撒勒人的话。

关于耶稣的出生还有第二种说法。耶稣的父母本来是拿撒勒人。玛利亚在拿撒勒怀孕，后来到了犹太的伯利恒，就在那里生下耶稣。

当玛利亚怀孕即将分娩的时候，罗马皇帝亚古士督下了一道旨意，要在罗马境内进行一次人口普查，所有的国民都要返

没（mò）药：一种很香的植物油，多用于防止遗体腐烂。黄金象征耶稣犹太王的地位，乳香象征大祭司，而没药则象征先知。

正所谓"宁可错杀一千，不可漏网一人"。

号啕（táo）大哭：大声哭。

回原籍，在那里登记注册。约瑟是大卫家族的后裔，因此他的祖籍应在犹太的伯利恒。约瑟便带着怀孕的妻子玛利亚，从加利利的拿撒勒来到伯利恒，在那里登记户籍。此时玛利亚的身孕已经重了，他们在伯利恒逗留的这一段时间，玛利亚的产期来临，就生下一子。那时全城的客房都住满了，他们只好寄居在马槽里。因此，孩子生下来以后，便用布包起来，放在马槽中。

那天夜里，在伯利恒野地里的一群牧羊人正在看守羊群，突然主的使者出现在他们身旁。主的金光照耀着四周，他们全都惊慌失措。天使对他们说："不要害怕，我报给你们大喜的消息，是关乎万民的。因为今天在大卫的城里，你们久盼的救主降生了，他就是主基督。你们如果看见一个婴孩，包着布，卧在马槽里，那就是标记。"忽然有一大队天兵到来，同那使者齐声赞美上帝说："在至高之处荣耀归于上帝，在地上平安归于上帝所喜悦的人。"颂罢，众天使和天兵升天而去。牧羊人彼此商议着说："我们往伯利恒去看看主所指示我们的事。"他们进了城，寻见了玛利亚和约瑟，又亲眼见到那马槽中的婴儿。他们就把天使的话传开来，所有听见的人无不惊诧。玛利亚却把这一切事存在心里，反复思量。八天以后，他们给孩子行了割礼，给他起名叫耶稣，这是天使在孩子未出世之前就定下的名。

按照摩西律法，在孩子满月洁净的日子，夫妻俩带孩子上耶路撒冷，把他献与主。在耶路撒冷，有一个名叫西缅的人，为人正义而又虔诚。他得到圣灵的显示，知道自己未死之前，必看见救主基督。这一天他受圣灵提醒，走进圣殿，正遇上耶稣的父母抱着孩子进来。西缅走上前，用手接过孩子，说："主啊，如今可以照你的话，释放仆人安然去世，因为我的眼睛已经亲眼看见救主就是你在万民面前所预备的，是照亮外邦人的光，又是你民以色列的无比荣耀。"孩子的父母听了这话，感到惊奇。西缅给他祝福，又对玛利亚说："这孩子将被拥戴，会让以色列中许多人跌倒，许多人兴起；又要作毁谤的话柄，叫许多人的意念显露

惊慌失措：形容十分惊慌的样子。

惊诧(chà)：惊异，惊奇。

虔(qián)诚：恭敬而有诚意（多指宗教信仰）。

出来；你自己的心也要被刀刺透。"

这时，又进来一个女先知，名叫约拿。这约拿已经八十四岁了，她自从出嫁与丈夫同住了七年之后，便开始寡居，在圣殿里昼夜侍奉上帝。她走过来，高声称谢上帝，并把救主降临的消息向耶路撒冷人宣讲。

约瑟和玛利亚在耶路撒冷办完了分内的一切事务，回到自己的拿撒勒城。

创世纪

现在我们的时间单位有年、月、日、小时、分、秒等，其中七天构成一个星期，你知道这七天的由来吗？

> 中国古代"盘古开天地"的神话与此十分相似。

> 混沌(hùndùn)：传说中指宇宙形成以前模糊一团的景象。

在很久很久以前，世界上什么都没有，传说是上帝耶和华在七天之内创造了世界和天地万物。这七天的过程是这样的。

第一天，上帝创造出了天地，那时没有天，地也是空虚的，整个世界一片混沌，一片昏暗。地面上到处是水，水面黑暗，什么也看不见，唯有上帝的灵在水面上运行。上帝说了一声：

"要有光！"

霎时，神奇的光出现了。上帝觉得光是好的，就把光明与黑暗分开，把光明称做昼，把黑暗称做夜。有晚上，有早晨，上帝看了看，觉得这还不错。第一天的工作就完了。

第二天，上帝觉得天地间还应该有空气，又说了一声：

"要有空气。"

霎时，空气出来了。它把水分成两部分：一部分留在地上，另一部分以云的状态留在天上。这样，就出现了清新的空气。

第三天，上帝巡视了一周，看见到处都是水，觉得不好，说了一声：

"水要聚集起来，让土地露出水面。"

话音刚落，地上的水全朝低的地方流了过去，没一会儿，汇集成片的水，一眼望不到边。上帝把这一大片水叫作海，把没有水的地方叫作陆地，并且三分陆地、七分海洋。

大地光秃秃的，难看极了，上帝看了看，说道："大地上要长出青草，要生长出结种子的各种蔬菜和结果子的各种树木，果子里要包着核。"

霎时，大地上长出了各式各样绿茸茸的青草、蔬菜，以及结有果实的果树、林木。到处一片葱绿，大地苏醒过来。

第四天，上帝创造了太阳和月亮。太阳和月亮把昼和夜区别开来，从此以后，一天中就有了"昼夜"之分。接着，上帝又在天上造了数也数不清的星星。夜晚降临，满天繁星一眨一眨的，更增添了夜空的妩媚和神秘。

第五天，上帝指着大海和陆地说，水里要有生命，天上要有鸟儿飞翔。

霎时，各种鱼在水里出现了，各种飞禽在天地间翱翔。上帝一看，这些活物是好的，对它们说："你们要多多繁殖，使水中有更多的鱼类，天空中处处有鸟儿飞翔。"

第六天，上帝创造了各种牲畜、野兽、昆虫，这些动物的出现，使地上喧闹起来了。就在这时，上帝指着自己说：

"按照我的样子、形状，用地上的尘土造人，一代传一代，让造出的这些人去治理海里、地上生长的一切。我把大地上的一切结种子的蔬菜和一切树上所结的有核的果子，全赐给人类作为食物。"

到了第七天，上帝完成了自己神圣的使命，天地间万物都造齐了，这一天，上帝也累了，要歇息了。于是，上帝把一周的第七天，定为万世的节日，称为安息日。

现在，我们把这一天当成星期天。

茸茸（róng）：草、毛发等又短又软又密。

妩媚（wǔmèi）：形容姿态美好可爱。

翱（áo）翔：在空中回旋地飞。

看来，上帝是仁慈的，否则我们就要劳碌一生了。

诺亚方舟

"沧海"变"桑田"并不是神话,某一地质时代的海洋,现在可能已成为陆地;而某一地质时代的陆地,现在或许是海洋。当然,这种变迁少则几万年、几十万年,多则几百万年、几千万年,甚至上亿年。

亚当和夏娃是人类的祖先,他们的子孙,一代代地在世间繁衍生息,他们的后代越来越多,但已经不再淳朴善良,他们心中充满邪念,世界上到处是争战、残杀、掠夺。人世间充满了暴力和邪恶。上帝看到这一切,非常后悔创造了人类。于是他决定降洪水消灭这个罪恶的世界,重新开辟一个新世界。但是,他又不舍得把他的造物全部毁掉。

在当时所有的人中,只有一个叫诺亚的人是唯一正直善良的人。在毁灭世界前,上帝对诺亚说:"现在大地上充满了强暴和罪孽,人类已走到罪恶的尽头了,我要将一切毁掉。因为你正直,我要保全你,但你必须按我的话去做。"上帝让诺亚用歌斐木修造一座方舟,规定方舟要长三百英寸,宽五十英寸,高三千英寸。船上要分成一个个小间,里里外外都必须抹上松脂以防漏水。上帝又说:"你同你的妻子、儿子、儿媳都要进入方舟;各种动物,按照不同的种类,每样选取一公一母两只,将它们带入方舟,保存它们的生命;飞鸟、牲畜、昆虫等也都照此办理。你还要带上足够的食物,供你们全家和那些小生命食用。七天之后,我会连降四十天暴雨,把我创造的生命都毁掉。"诺亚严格按照上帝的话去做,在第七日来临前,早早把全家和所有物种都放进了方舟。第七日终于来临了,乌云密布,电闪雷鸣,倾盆暴雨下了整整四十个昼夜,洪水淹没了所有的陆地和高山。世界上

繁衍(yǎn)生息:逐渐增多。

淳(chún)朴:诚实朴素。

罪孽(niè):应受到报应的罪恶。

的生物都死光了，只有诺亚的方舟载着他的全家和那些活物平安地在大水中漂泊着。大水落得很慢，在一百五十天之后，才渐渐消退。上帝惦记着方舟，让大风吹过水面，帮助大水快点儿消退。后来大水退去，方舟搁浅在了亚腊拉山的山顶，众多的山峰开始露出水面，又过了四十天，诺亚打开窗户，先放出一只乌鸦，想了解一下外面有没有陆地，但是乌鸦飞回来了，因为外面找不到落脚地休息。<u>诺亚放出一只鸽子，那鸽子后来也飞回来了。又过了七天，诺亚又把那鸽子放出去，傍晚时分，鸽子衔着一根橄榄枝飞回来了，诺亚知道，这意味着大地的某一个地方露出了土地。</u>他又等了七天，放出鸽子，这回鸽子没有回来，因为大地上的洪水全退了。

诺亚带着他的全家和其他所有的生命走出了方舟，开始在地球上繁衍生息，创造新的世界。诺亚成为洪水后人类的始祖。

> 鸽子是和平的象征，在中国也是如此。

世界的起源和众神的诞生

《圣经》中上帝在七天之内改变了世界的混沌状态，创造了世界和天地万物。而在古希腊神话中，世界的起源又是另一番景象。

最初，只有永恒的、无边无涯、漆黑一团的混沌。从无边无涯的混沌中产生了世界和不朽的众神，大地女神——盖娅便是从混沌中产生的。强大的盖娅伸展开她广阔的胸怀，她把生命赋予了生活和生长在她上面的万物。在深邃的大地的下面，就像一望无际的明亮的天空离我们那样远和深不可测的地方，产生了黑暗的塔塔罗斯——永远黑暗的、可怕的无底深洞。具有能使万物复苏的伟大力量的爱情之神——埃罗斯，也是从生命之源的混沌中产生的。世界开始形成了。由无边无涯的混沌生了永远漆黑的黑暗之神埃瑞玻斯和黑夜女神尼克斯。黑夜女神和黑暗之神生了永远明亮的光明之神埃忒尔和欢乐的白昼之神赫墨拉。光明普照着全世界，昼夜开始了互相交替。

强大而富饶的大地女神生了无边无际的蔚蓝色的天神乌兰诺斯，大地所生的高山骄傲地高高耸向天空。永不停止呼啸的大海一望无际地蔓延开来。大地女神生了天神、山神和海神，但是，他们都没有父亲。

天神乌兰诺斯统治着世界。他以富饶的大地女神盖娅为妻。乌兰诺斯和盖娅生了六个儿子和六个女儿，都是力大无穷的、可怕的巨人——提坦。

除了这些提坦之外，大地女神还生了三个前额上长着独眼的

深邃(suì)：深。

忒(tè)：差错。这里只用于音译的神的名字。

巨人——基克洛普斯和三个像高山一样庞大的长着五十个头的百臂巨人——赫卡忒克罗伊，这样称呼他们，是因为每个巨人都长有一百只手。无论什么力量都不能同他们的可怕的威力相抗衡，他们的自发力量是无穷无尽的。

乌兰诺斯非常敌视自己的巨人孩子，他把这些孩子幽禁在大地女神的最深、最黑暗的地方，不让他们出来见到光明。他们的母亲大地女神非常痛苦。幽禁在她的深处的可怕的重负压得她无法忍受。于是，她把她的巨人孩子叫来，说服他们起来反对他们的父亲乌兰诺斯，但是他们不敢对父亲动手。只有奸诈的小儿子克罗诺斯用诡计推翻了自己的父亲，并且夺取了他的统治权。

黑夜女神为了惩罚克罗诺斯，她生了一系列可怕的恶神：死神塔纳托斯、不和女神埃里斯、欺骗之神阿帕图、恶魔之神克尔，使人做一连串阴森森噩梦的睡神许普诺斯，永不宽恕的报应女神涅墨西斯和其他许多凶恶的神。这些恶神为克罗诺斯篡夺了父位后统治的世界带来了无数的恐惧、仇恨、欺骗、争斗和灾难。

篡(cuàn)夺：用不正当的手段夺取（地位或权力）。

宙斯

天神宙斯也是奥林匹斯山中的巴赛勒斯（国王），他依靠众神统治着整个大地和天空，维护着全世界的秩序和正义。

> 希腊神话中对神权的争夺是极其惨烈的。

天神乌兰诺斯的小儿子克罗诺斯对自己能否永远执掌大权没有信心。他担心自己的儿子造反，使自己走与父亲同样的悲惨之路。于是，他吩咐妻子瑞亚，将生下的子女全交给他，他将子女一一吃掉。

瑞亚不想失去即将出世的最后一个儿子，她听从父亲乌兰诺斯和母亲盖娅的劝告，逃到克里特岛，在山洞中生下宙斯。她用布包了一块石头，欺骗了克罗诺斯。

宙斯在克里特岛渐渐长大，神女用羊奶喂养宙斯，蜜蜂从高山上采来花蜜让宙斯吃。每当小宙斯哭泣之时，瑞亚的祭司就用剑敲击盾牌，不让克罗诺斯听见孩子的哭声。

宙斯长大后，强迫克罗诺斯吐出已吞食的哥哥姐姐们，克罗诺斯只得照办。宙斯和兄长们团结一致，据守在高高的奥林匹斯山上，开始了与克罗诺斯及提坦神争夺统治世界权的战争。

在这场持续了整整十年的争战中，双方势均力敌。最后，宙斯他们得到独目巨人和百臂巨人的帮助，终于将强大的提坦神击败。奥林匹斯诸神给提坦神钉上镣铐，将他们打入地狱，由百臂巨人把守门户，不让他们出逃。

> 神祇(qí)："神"指天神，"祇"指地神，"神祇"泛指神。

取得胜利之后，诸神之中最强大的宙斯统治天空，波塞冬掌管海洋，哈得斯主宰死人灵魂所在的冥国。宙斯位在波塞冬、哈得斯之上，他统治全部神祇和人类，世上的一切都归他管。

在奥林匹斯山，在众神的拥护下，宙斯当上了君王。在他周围，是各司其职的神：有他的妻子赫拉（婚姻的庇护神）、金发的阿波罗及其孪生姐姐阿尔忒弥斯，有美丽的阿佛洛狄忒，有宙斯的女儿雅典娜及和平女神厄瑞涅、胜利女神尼刻、护法女神忒弥斯、掌管命运的女神提克以及命运三女神。宙斯的女儿赫柏和深受宙斯喜爱并因此得到永生的特洛亚国王的儿子伽倪墨得斯在为众神斟酒、端食。

众神就在这样的宴会上决定事情，包括世界的前途和人类的命运。

波塞冬和海神

一望无际的海洋不仅孕育了万种生物，而且蕴涵着许多神话传说。其中古希腊神话中海神及海神的领导者波塞冬就给海洋增添了一抹亮丽的风采。

戟(jǐ)：兵器的一种，长杆头上附有月牙状的利刃。

擎(qíng)：向上举。

在大海的最深处有一座神奇的宫殿，它便是宙斯伟大的兄弟波塞冬海王的宫殿。波塞冬统治着海洋，只要他手里拿的可怕的三叉戟轻微地一动，海浪都得听从。波塞冬同他的美丽的夫人安菲特里忒就住在这个宫殿里。安菲特里忒是先知先觉的长者海神涅柔斯的女儿。伟大的海王波塞冬从她父亲那里把她抢来做妻子。有一次，海王看见安菲特里忒同她的姊妹涅赖德斯海洋神女们在纳克索斯岛的岸上跳舞。海王被美丽的安菲特里忒迷住，便想用四轮车将她载走。但是，安菲特里忒藏到了用有力的双肩擎着天体的提坦巨神阿特拉斯那里。波塞冬很久找不到涅柔斯的美丽的女儿。最后，海豚告诉了他安菲特里忒躲藏的地方；为这个功劳，波塞冬将海豚列入天上的星座——海豚（星）座。波塞冬从阿特拉斯那里把涅柔斯的美丽的女儿抢走，并同她结了婚。

从此，安菲特里忒便同自己的丈夫波塞冬住在水下宫殿。波塞冬的儿子特里通用他的海螺吹出惊天动地的声音，可以在海上兴风作浪。在海神中还有安菲特里忒的姊妹们，她们是美丽的涅赖德斯神女们。当他驾着车子在大海上驰骋时，永远咆哮着的海浪都要给大海的统治者让路。波塞冬在无边无涯的大海上飞速急驶时，海豚在他的周围欢舞，鱼儿们从深海浮出水面，群集在他的马车的周围。当波塞冬挥动其可怕的三叉戟时，海上立即掀起高山一样的滔天巨浪并刮起强烈的风暴。怒吼着的巨浪冲击着沿岸的峭壁，并使大地震动。但是，如果波塞冬把三叉戟平放在浪上，海浪便会平静下来。风暴止息了，一望无际的蔚蓝色的大海又平静得像一面明镜，微微可以听到海水拍击岸边的声音。

比喻句。

　　许多海神拥戴着宙斯的伟大的兄弟波塞冬，其中有未卜先知的老海神涅柔斯，他知道关于未来的一切秘密。涅柔斯不能容忍虚伪和欺骗，他只给人和众神揭示真实。未卜先知的长者给人的劝告是非常明智的。涅柔斯有五十个美丽的女儿。年轻的涅赖德斯神女们在海浪中快乐地嬉戏，她们散发出一种圣洁的美。涅赖德斯神女们手拉着手从海底深处鱼贯浮出海面来到岸上，在平静的海浪温和拍击海岸声的伴奏下翩翩起舞。岸边岩石传来了她们柔和歌声的回音，就像大海的轻微的哗啦声。涅赖德斯神女们是航海者的保护神，她们为航海者祝福旅途平安。

翩（piān）翩起舞：形容轻快地飞舞。

　　在海神中还有海中老人普罗忒奥斯，他像大海一样可以变换自己的形象。他也是善预言的海神，在大地震撼者波塞冬的伴随者中还有善于预言的海神格劳科斯，他是水手和渔民的保护神。他常常由深海浮到海面，为人们揭示未来的秘密和给他们提供智慧的忠告。海神们是有威力的，他们的权力也是巨大的，但宙斯的伟大的兄弟波塞冬却统治着他们。

　　泰坦巨神奥克阿诺斯流经所有的海洋和所有的大地，他在享受尊敬和荣誉方面同宙斯相等。他住在世界的边缘，不过问大地上的一切事务。奥克阿诺斯有三千个河神儿子和三千个女儿——奥克阿尼德斯海洋女神、溪流女神和水泉女神。伟大的大洋之神奥克阿诺斯的儿女们以其永远流动的生命之水给人们以幸福和欢乐，他们供大地和一切生物饮用。

水是生命之源，孕育了万种奥秘。

哈得斯冥国

> 古希腊人认为哈得斯王国是死者灵魂的冥国，那里黑暗、恐怖，难怪古希腊人认为宁愿在阳间当雇农也比在哈得斯王国做国王好。

在大地的深处，宙斯铁面无私的兄弟哈得斯统治着冥国（地狱）。他的王国里充满了阴暗和恐怖。愉快的阳光从不照射到那里。地面上的无底深渊通向悲惨的哈得斯王国。那里的河流是黑水，冰冷的、神圣的斯提克斯冥河在那里流过，众神们就是对着它的河水起誓的。

死者的灵魂在它们的岸边哭诉着自己的痛苦和悲哀。在地下王国里，还有一条勒忒河（忘川）在流着，它的水使人忘记人世间的一切。在哈得斯冥国的阴暗的土地上丛生着苍白的阿富花，无形体的死者的影子在这里飘来飘去。

他们的呻吟声是如此轻微，就像秋风扫过枯叶的簌簌声。谁都不能从这个悲惨的冥国再回去。三头的地狱恶犬克尔伯罗斯把守着地狱的门口，冷酷无情的老船夫卡戎把死者的灵魂摆渡过阿克戎冥河送往冥界，但他从不摆渡一个灵魂回到阳光灿烂的人间去。在阴森森的哈得斯的冥国里，死者灵魂的遭遇注定是永远悲惨的。

在宙斯的兄弟哈得斯统治的这个王国里，没有灿烂的阳光，没有幸福欢乐，也没有人间的忧愁悲伤。哈得斯同他的妻子佩尔塞福涅（冥后）坐在黄金的宝座上。复仇女神埃里尼斯们为他服务。残暴的女神们拿着鞭子和毒蛇迫害罪犯，不给罪犯一分钟的喘息，使他们的良心受到谴责和折磨。在哈得斯宝座旁边坐着冥

冥(míng)国：迷信的人称人死后进入的世界；阴间。

跌入了"勒忒河"便会永远忘记一切，这句俗语便由此而来。

阿富花：野郁金香。

簌簌(sù)：拟声词。

谴(qiǎn)责：责问。

国的判官——弥诺斯和拉达曼提斯。在宝座旁还有死神塔纳托斯，他手执宝剑，身穿黑斗篷，而且长着两只黑色的大翅膀。当塔纳托斯飞往快要咽气的病人的床头，用剑割下一绺病人的头发，并把他的灵魂摄取走时，这两只翅膀发出阴森森的寒气。同塔纳托斯死神在一起的还有死神和恶魔神克尔们，他们在狂暴的战场上飞来飞去。当他们看到英雄们一个接一个地受伤而倒下时欣喜若狂，他们会立即扑向伤口用血红嘴巴贪婪地吸食受伤者的热血，并把他们的灵魂从躯体上摄走。

年轻漂亮的睡神许普诺斯也在哈得斯宝座的旁边。他静悄悄地在大地上飞行，一手拿着罂粟花蕾，一手拿着牛角洒散催眠的液体。他用魔棒轻轻一挨人们的眼睛，人们眼皮立即合拢，进入甜蜜的梦乡。睡神许普诺斯威力强大，无论人或众神，都不能与他对抗，甚至是雷电之神宙斯，他都能使宙斯闭上可怕的双眼，并且进入沉睡。

冷酷和森严的哈得斯王国充满了黑暗和恐怖。长着驴蹄的可怕的夜间恶魔恩浦萨在黑暗中徘徊，它在黑夜的昏暗中，用诡计把人骗到僻静的地方将其热血全部吸光，并且狼吞虎咽地大吃尚在颤动着的人肉。在地狱中还有吸血女怪拉弥娅，深夜她偷偷摸进幸福的母亲的卧室，把她们的孩子偷走去吸鲜血。强大的女神赫卡忒统治着所有的幽灵和恶魔。她有三个头和三个身体。在没有月光的深夜里，她带着她的极端可怕的随从，在一大群地狱恶犬的护拥下，在黑暗中的路边和墓地徘徊。她给大地送来恐怖和噩梦，并且危害人们。人们请求赫卡忒在魔法上给予帮助，但是，她对那些尊敬她，并在三岔路口对她祭献狗的人从不施用魔法。

哈得斯王国是恐怖的和敌视人类的。

罂粟（yīngsù）：两年生草本植物，从尚未成熟的果实里取出的乳状液体，干燥后，可用做止泻、镇痛，常用成瘾，是一种毒品。

徘徊（páihuái）：在一个地方来回地走。

噩（è）梦：可怕的梦。

赫拉

伟大的天后赫拉是宙斯的妻子，是婚姻和女性的保护神，她的车走到哪里，哪里便香风四溢。

伟大的天后赫拉是宙斯的妻子、神盾持有者。她是婚姻的保护神，她维护婚姻的神圣性和不可侵犯性，她为夫妇们送来许多儿女，并为分娩的母亲祝福。

伟大的女神赫拉在她和她的兄弟姊妹们从被宙斯战胜的克罗诺斯的口中吐出以后，她母亲瑞亚便把她带到奥克阿诺斯泰坦巨神那里。在那里，忒提斯领养了赫拉。赫拉在远离奥林匹斯山的僻静而安宁的地方生活了很长时间。伟大的雷电之神看到她后，爱上了她，并把她从忒提斯那里抢走。众神为宙斯和赫拉举行了隆重的婚礼。伊里斯女神和美惠女神们为赫拉穿上了极其华贵的盛装，她同伟大的众神和万民之王宙斯并排坐在黄金宝座上，在奥林匹斯山的众神中，她显得非常年轻、庄重而又美丽。所有的神都向女统治者奉献了礼品，而大地女神盖娅给赫拉的礼物是她在大地深处培植出的一株结着金苹果的果树。宇宙里万物（人、神等）都在赞美天后赫拉和天王宙斯。

赫拉同她的丈夫宙斯一样可以驱使雷电和呼风唤雨，她说一句话，天空便布满乌黑的滚滚雨云，做一个手势立即掀起暴风雨。

赫拉非常美丽，她生着圆圆的杏眼，修长的手臂，金冠下面垂着波浪似的秀美的卷发，双眼散发出威严、安详和庄重的光华。众神都尊敬赫拉，她的丈夫宙斯也敬重她。但是，宙斯和赫

分娩(miǎn)：胎儿从母体中分离出来。

拉之间往往也发生争吵。赫拉有时反对宙斯的意见，并在众神的会议上同他争吵。这时，便惹怒了宙斯，他威胁着要对自己的妻子进行惩罚。于是，赫拉便压制着自己的愤怒，闭口不讲了。她记得，有一次宙斯鞭打了她，并将她锁在金链子上吊在天空与大地之间，脚上还拴着两个沉重的铁砧。

  赫拉的威力十分强大，在权势上任何其他女神都不能与她相比。她穿着雅典娜女神亲自为她织做的高贵而豪华的长袍，坐着两匹神马驾驶的四轮车，从奥林匹斯山上飞驰而下。四轮车是白银制作的，车轮是纯金的，而车轮的辐条则闪着铜光。赫拉的车在大地上走到哪里，哪里便香风四溢。所有的生物都向奥林匹斯山的伟大的天后行礼致敬。

惩（chéng）罚：处罚。

铁砧（zhēn）：捶或砸东西时垫在底下的铁器。

伊娥

> 天后赫拉也要忍受宙斯对她的欺负，美丽的伊娥就是被嫉妒的赫拉变成小母牛的。

有一次，宙斯爱上了美丽的伊娥，为了隐瞒妻子赫拉，便把伊娥变成了小母牛（又有神话说，是赫拉出于嫉妒把她变成小母牛的）。即便这样，雷电之神也未能使伊娥获救。赫拉看到伊娥变成白雪般的小母牛时，要求宙斯将小母牛送给她。宙斯无法拒绝赫拉的要求。赫拉占有小母牛后，把她交给百眼巨神阿尔戈斯监视和看守。不幸的伊娥不能向任何人申诉自己的痛苦：因为变成了小母牛后，她丧失了说话的能力。从不睡觉的阿尔戈斯昼夜看守着伊娥，使她无法躲避开监视。宙斯看到了她在遭受痛苦，便把自己的儿子赫耳墨斯叫来，让他去把伊娥救出来。

赫耳墨斯迅速来到百眼巨神看守伊娥那座山的山顶。他用催眠术让百眼巨神睡着了。巨神刚一合上一百只眼睛，赫耳墨斯立即拔出了自己的弯刀，一挥便把阿尔戈斯的头砍了下来。伊娥得到了解放。但是，这样宙斯也未能从赫拉的愤怒下把伊娥解救出来。赫拉派去了凶恶的大牛虻。牛虻用它的可怕的毒刺去叮咬由于痛苦而变得发狂的不幸的受难者伊娥，任何地方都找不到安宁。她疯狂地奔跑，越跑越远，而牛虻追着她，不时地将其毒刺刺进伊娥的身体，牛虻的毒刺像烧红的铁一样烧灼着伊娥。没有伊娥没跑过的地方！没有伊娥没去过的国家！最后，在长期的奔波之后来到了斯基泰人的国家，在这个国家极北部的山

百眼巨神：象征着天空的星星。

牛虻（méng）：昆虫，身体长椭圆形，雌的吸食家畜血液。比喻句。

岩上钉着提坦巨神普罗米修斯。普罗米修斯对受难的伊娥预言说，只有到埃及她才能解脱自己的痛苦。被牛虻叮咬的伊娥又向前跑去。她在到达埃及之前还遭受了许多痛苦，遇到过许多危险。在肥沃的尼罗河岸，宙斯使她恢复了人形，并同她生了儿子埃帕福斯。埃帕福斯是埃及的第一个国王和历代伟大英雄的始祖，希腊最伟大的英雄赫拉克勒斯便属于这一代英雄。

阿波罗

假如你的世界失去光明，你一定会迷失自己，因此光明之神阿波罗注定会成为人们崇拜的偶像。

栖(qī)身：居住或停留。

呼啸(xiào)：发出高而长的声音。

琼(qióng)浆玉液：琼，美玉。指美酒或甘美的饮料。

游弋(yì)：在水中巡逻。

　　黄色卷发的太阳神阿波罗生于得洛斯岛。他的母亲勒托由于赫拉女神的嫉妒，被追赶得无处栖身。被赫拉派去的凶龙皮通迫害的勒托在全世界到处流浪，最后躲藏到当时在波涛汹涌的大海漂浮的得洛斯岛上。勒托刚一上得洛斯岛，从海底深处就升上来一根巨大的柱子，把这个荒岛固定了下来。它毫不动摇地待在原地，直到现在还在那里。大海在得洛斯岛四周呼啸。寸草不生的光秃秃的得洛斯岛的岩石孤寂地耸立着。只有海鸥在这些岩石上搭窠筑巢，并发出悲惨的叫声。但是，就在这里，太阳神阿波罗诞生了，到处都散发出明亮的祥光。祥光像黄金似的洒满了得洛斯岛的岩石。周围一切：沿岸的岩石、铿托斯山、山谷、海都发出五颜六色的异彩。集聚在得洛斯岛上的女神们齐声赞颂神的诞生，并给他送来了神餐和琼浆玉液。四周的自然界都同女神们在一起欢欣鼓舞。

　　少年阿波罗手捧基发拉琴，肩背银弓，在天空中飞驰，在大海中游弋。他的出现，对一切恶势力都是一种威胁。他首先找到皮通栖息的昏暗的峡谷，将这个毁灭一切、散布死亡的家伙，用箭射死。阿波罗把皮通的尸体埋入圣地得尔福的地下，又在得尔福修建了神庙和神示所，以便向人们预示他父亲宙斯的旨意。然后，又来到忒萨利亚王国，为这个王国带来五谷丰登的和平与安宁。

春夏两季，阿波罗就住在得尔福，秋冬来临之际，阿波罗就坐上白天鹅驾的车，驰往没有寒冬、四季如春的极北族人的乐土。他在那里要待一个冬天。来年春暖花开之时，阿波罗再乘坐白天鹅驾的车返回得尔福，向人们宣示雷神宙斯的旨意。

　　在奥林匹斯山，当阿波罗拨动琴弦，九位缪斯女神齐声歌唱之时，山上其他的一切均寂然无声了。战神阿瑞斯忘却了拼杀，宙斯的闪电不再耀亮，众神停止了争吵。当阿波罗叩击基发拉琴的金琴弦的时候，缪斯女神、美惠女神、美神阿芙罗狄忒以及阿瑞斯、赫耳墨斯都会翩翩起舞。而跳在最前面的是阿波罗的姐姐、端庄而美丽的阿尔忒弥斯。

达芙涅

2004年雅典奥运会上，中国共有32位选手取得各自项目的桂冠。而"桂冠"这个词在古希腊神话中还有一番来历呢！

快乐的太阳神阿波罗也有忧愁，他也碰到过痛苦的事。在战胜皮通之后不久，他就尝到了痛苦的滋味。当他站在被他的箭射死的怪物的尸体上并因自己的胜利而自豪的时候，他看到年轻的爱神站在他的身旁在拉自己的金弓。阿波罗笑着对他说：

"你要这样可怕的武器干什么？最好给我去射刚才我射死皮通的那些致命的金箭吧。你能同我这个神箭手在荣誉上相比吗？难道你还想取得比我更大的荣誉吗？"

被侮辱的埃罗斯自豪地回答阿波罗说：

"福玻斯·阿波罗，你箭无虚发，可以杀伤一切，但是，我的箭却可以射中你。"

埃罗斯扇动了他的金翅膀，一眨眼之间他便飞上高高的帕尔纳索斯灵地。他从箭袋里取出了两支箭：一支是射穿了心便引起热恋的爱情之箭，将它射向了阿波罗的心；另一支箭是拒爱之箭，将它射中河神佩涅奥斯的漂亮的女儿仙女达芙涅的心。

有一次，阿波罗遇见了达芙涅，并且爱上了她。但是，达芙涅刚一看到金色卷发的阿波罗，便像风一样快地跑了，因为埃罗斯的拒爱之箭射中了她的心。银弓之神随后紧紧追赶。

阿波罗大声呼叫："美丽的仙女，你站住，为什么像小羊怕狼那样怕我呢！你简直像鸽子逃避雄鹰一样飞跑啊！我又不是你

爱神：指的是埃罗斯。

比喻句。

的敌人啊！小心，你的脚要被刺刺伤的！噢，等一等，停一停吧！要知道，我是雷电之神的儿子阿波罗，不是普通人间的牧人啊！"

但是，美丽的达芙涅却越跑越快。阿波罗就像生了双翼似的紧追不舍。他越来越靠近了，眼看就要追上了。达芙涅已经感觉到他喘气的声音。她已经精疲力竭跑不动了。于是，达芙涅向自己的父亲佩涅奥斯央求说：

"父亲佩涅奥斯，帮帮我吧！快把大地裂开一道缝把我吞陷进去吧！噢，改变我的这个形象吧，它只会使我遭受痛苦！"

她刚说完这些话，她的四肢立刻就僵硬了。树皮盖满了她娇嫩的身体，头发变成了树叶，双手朝天变成了树枝。失望的阿波罗久久地站在桂树的前面，最后他说：

"让你的绿叶做成的桂冠美化我的头吧！今后让你的绿叶装饰我的基发拉琴和我的箭袋吧！噢，桂树，让你的绿叶永不枯萎！你的绿色永驻！"

桂树对阿波罗的回答是，浓密的枝叶微微地动了动，并且垂下了它翠绿的树冠，似乎表示同意。

枯萎（wěi）：干枯萎缩。

阿尔忒弥斯

> 阿尔忒弥斯是希腊最古老的女神之一。她最初是动物的保护神,后来又成了母亲的保护神。

永远年轻美丽的阿尔忒弥斯女神和她哥哥、金色卷发的阿波罗同时出生在得洛斯岛。他们是孪生兄妹,他们兄妹之间有最诚挚的友爱和最亲密的友谊,他们都热爱自己的母亲勒托。

阿尔忒弥斯给万物以生命。她关怀生活和生长在大地上的一切。她关心野兽、家畜和人。她让花草和树木生长,她为人的诞生、结婚和结婚仪式祝福。希腊的女人们把丰盛的祭品献给宙斯的享有荣誉的女儿阿尔忒弥斯,因为她给人们的婚姻祝福并赐予幸福,她为人们治疗病痛,但也将疾病降临到人间。

永远年轻美丽而开朗的女神阿尔忒弥斯背着弓和箭袋,手拿着猎人的标枪,在绿树成荫的树林中、在阳光普照的田野上愉快地打猎。一群吵闹的仙女跟随着她,而庄重的女神却穿着仅到膝盖的短猎服,在树木繁茂的山坡上飞速地跑来跑去。无论是惊慌失措的麋鹿,或是胆小的赤牝鹿,甚至藏在芦苇深处的疯狂的野猪,都逃不过她的百发百中的箭。阿尔忒弥斯的同伴仙女们紧紧地追随着她。在遥远的山里,发出欢乐的笑声、呼叫声和一群狗的吠声,并且传来响亮的山谷的回声。女神打猎疲倦时,她便同仙女们赶快到神圣的得尔福去,到她的亲爱的哥哥阿波罗那里去。她在那里休息。在阿波罗的金基发拉琴的奇妙琴声下,她带

麋(mí)鹿:又叫"四不像"。头似马,身似驴,蹄似牛,角似鹿。

牝(pìn):雌性的鸟兽,跟"牡"相对。

领着缪斯和仙女们跳起轮舞。苗条而美丽的阿尔忒弥斯跳在轮舞的最前面,她比所有的仙女和缪斯都美,而且高出她们一头。阿尔忒弥斯也喜欢在被绿树丛缠绕着使凡人看不见的空气凉爽的山洞里休息。谁要是干扰了她的安静,那个人就要倒霉。忒拜国王卡德摩斯的女儿奥托诺的儿子、年轻的阿克泰翁便是因此而死的。

> 在阿尔忒弥斯优美的舞姿中弥散着幸福的气息。

阿克泰翁

谁要是干扰了永远年轻美丽的阿尔忒弥斯的安静，那个人就要倒霉，阿克泰翁的命运便是一个例子。

有一次，阿克泰翁同自己的伙伴在基泰戎山树林里打猎。中午天气非常闷热。疲倦的猎手们都躺在浓密的树荫下休息了，而年轻的阿克泰翁离开了他们到基泰戎山谷里去寻找凉爽的地方。他来到献给阿尔忒弥斯女神专用的伽尔伽菲亚山的绿草如茵、繁花似锦的山谷。在山谷中，茂盛地生长着悬铃木、香桃木和深绿色箭枝似的冷杉树，柏树挺拔地高耸在上，遍地都是绿草和各色鲜花。清澈的小溪在山谷里潺潺地流淌。到处是一片寂静和凉爽。在陡峭的山坡上，阿克泰翁看到有一个被绿树丛围绕住的美妙的山洞。他向这个山洞走去，但不知道这个山洞是宙斯的女儿阿尔忒弥斯休息的场所。

当阿克泰翁走向山洞时，阿尔忒弥斯刚刚进去。她将弓箭交给一个仙女，并准备去洗澡。仙女为女神脱下了鞋，把头发挽成鬏儿，准备到溪水中去冲凉，在洞口突然出现了阿克泰翁。仙女们看到往里走的阿克泰翁便大声惊叫了起来。她们围住了阿尔忒弥斯，以免使凡人看到女神。女神气得脸就像初升的太阳把云彩照得火红一般，她的眼睛里放出愤怒的光芒，使她显得更加美丽。阿尔忒弥斯对阿克泰翁打扰了她的安静非常气愤。阿尔忒弥斯在气愤中把不幸的阿克泰翁变成了一头身体挺拔的小鹿。

在阿克泰翁的头上长出了分叉的鹿角。手和脚变成了四只鹿蹄。脖子伸长了出来，耳朵变长了，有梅花斑点的鹿毛盖满了全

这是一处迷人的美妙地方，美丽的阿尔忒弥斯就生活在这个绿草如茵的山谷中。

鬏(jiū)：头发盘成的结。

比喻句。

身。受惊的小鹿拼命地逃走。阿克泰翁在小溪中看见了自己的形象。他想大声喊："哎呀，我真苦啊！"但是，他已经不能说话了。他的眼睛泪如雨下，但这是从鹿眼里流出的泪。他还没有丧失人的理智。他怎么办？往哪里跑？

阿克泰翁的猎犬嗅到了鹿的踪迹，它们不认识这是它们的主人，狂吠着向他扑去。漂亮的小鹿将分叉的鹿角向背后仰着拼命地奔跑，他穿过基泰戎山中的峡谷，越过悬崖陡壁，经过森林和田野，而猎犬则跟着他紧追不舍。猎犬越来越近了，追到他了，于是它们的利齿咬进了变成鹿的阿克泰翁的肉体。阿克泰翁想喊："噢，怜悯一下吧！是我啊，你们的主人阿克泰翁啊！"但仅仅是从鹿的胸腔中发出的呻吟声。变成鹿的阿克泰翁跪了下来，在他的眼睛里可以看到悲伤、恐怖和乞求。逃不脱死亡了——发疯的猎犬一哄而上，将他的身体撕成碎片。

急忙赶来的阿克泰翁的伙伴们都很惋惜，这么好的猎获，可惜他不在一起。猎犬把这么好的一头鹿咬死了。阿克泰翁的伙伴们不知道这鹿是谁。打搅了女神阿尔忒弥斯安静的阿克泰翁就是这样死的，但他是看见过雷电之神宙斯和勒托的女儿的天神之美的唯一的一个凡人。

怜悯（mǐn）：可怜。

雅典娜

蜘蛛是一种勤劳的昆虫，它不停地织啊织啊，好像永不疲倦。蜘蛛这种习性在古希腊神话中却是一个悲剧的产物。

雅典娜是宙斯亲生的女神。宙斯知道智慧女神墨提斯将为他生育一女一儿，但同时又从命运女神处得知：这个儿子将要推翻他的王位，夺取大权。宙斯为了躲避这个厄运，在墨提斯尚未生育之前，就将她吞噬了。过了几天，宙斯头痛欲裂。他叫来儿子赫菲斯托斯，为自己劈开头颅。这时，强大的女勇士雅典娜便从宙斯的头颅里出生了。她威风凛凛，异常神勇，是城市的保护神，是智慧和知识的女神，也是不可战胜的战神。雅典娜还是希腊英雄的保护神，她常常帮助处于困境之中的希腊英雄。

雅典娜还是编织技艺的祖师，无论是神人还是凡人，在编织技艺上谁也无法超越她。少女阿拉克涅就因为要和雅典娜在编织上一比高低而付出了惨重的代价。

阿拉克涅的织绣手艺在全吕底亚很有名。来自特摩洛斯山和盛产黄金的帕克托勒海岸的仙女们常常聚集起来欣赏她的手艺。阿拉克涅用云彩似的丝线可以织出同晴空一样透明的织品。她骄傲了起来，以为在世界上没有谁能赶得上她的织绣手艺。有一次，她喊道：

"让雅典娜·帕拉斯亲自来同我比赛吧！她赛不过我；我不怕同她比赛。"

于是，女神雅典娜化作一个挂着拐杖的驼背老婆婆来到阿拉

厄(è)运：困苦的遭遇。

吞噬(shì)：吞咬，吃。

比喻句。

克涅面前，并对她说：

"阿拉克涅，年老会带来许多灾难，但是年岁也给人增加经验。你听我的劝告吧：努力使你的手艺只去超过凡人，不要向女神挑战比赛。恭顺地去乞求女神宽恕你说过的傲慢的话，女神是会宽恕祈求者的。"

阿拉克涅放下了手中的细线，她的眼中发出怒光。由于她相信自己的手艺，故而大胆地回答说：

"老太婆，你太不懂事了。你老糊涂了。这种训诫你说给你的儿媳们和女儿听吧，你让我安静吧。我自己会给自己出主意。我说过的话就算数。雅典娜为什么不来，为什么她不愿同我比赛？"

女神现了原形后喊道："阿拉克涅，我在这里！"

仙女们和吕底亚的女人们都向宙斯的爱女深深地鞠躬和赞美她，只有阿拉克涅一言不发。雅典娜气得满脸通红，就像每当绯红色的朝霞女神埃奥斯用她的闪闪发光的双翼在天空中飞翔时把清晨的天边照得火红一样。阿拉克涅坚持自己的决定，她仍然急于想同雅典娜较量一番。她根本没有预感到眼前的死亡正在威胁着她。

比赛开始了。伟大的女神雅典娜在她的披肩中央织绣了宏伟的雅典卫城，在上面绣了她自己同波塞冬争取统治阿提卡的争论场面。十二位奥林匹斯山的英明的神，其中包括众神之父的雷电之神宙斯坐在评判这场争论的裁判席上。大地震撼者波塞冬举起了他的三叉戟向岩石打去，从寸草不生的岩石流出了盐水泉。而雅典娜则戴着头盔，拿着神盾，抖擞着她的长矛并将它深深地插入地中。从地中生长出了神圣的橄榄树。众神评定胜利属于雅典娜，因为她给阿提卡的赠品更有价值。在披肩的四角，女神绣织了众神如何惩罚不顺从的凡人，在四周则绣上了橄榄树叶组成的花环。而阿拉克涅在自己的披肩上则绣制了众神生活的许多场面，表现了众神都有为凡人癖好所左右的弱点。在四周围，阿拉克涅绣上了由常春藤围绕的花环。阿拉克涅的绣品在

> 阅历深的人更知道"自知之明"的含义。

> 头盔（kuī）：帽盔。

> 癖（pǐ）好：对某种事物的特别爱好。

完善上占了上风,在绣品的美观上也不亚于雅典娜的绣品,但是在她的描绘中可以看出对众神的不敬,甚至蔑视。雅典娜怒火中烧,她将阿拉克涅的绣品撕成碎条,并用织梭打了她。不幸的阿拉克涅自己编了一条绳子,做了一个圈套,上吊了。雅典娜把阿拉克涅从圈套上解下来对她说:

"倔犟的人,你活着吧!但你要永远吊起来和永远地去织网,这个惩罚将要传到你的后代。"

雅典娜用神奇的草汁洒在阿拉克涅的身上,她的身体立刻缩小了,浓密的头发脱落了,她变成了一只蜘蛛。从此,蜘蛛——阿拉克涅一直悬吊在她织成的网上,并且永远在织,就像她从前一样。

蔑(miè)视:轻视,小看。

倔强(juéjiàng):刚强不屈。

赫耳墨斯

> 在古希腊神话中,众神的使者赫耳墨斯,既是旅行者的保护神,又是一个灵活的小偷。

宙斯和迈娅的儿子,众神的使者赫耳墨斯神,生于阿卡迪亚的库勒涅山洞中。他穿着带有飞翼的鞋子,手中拿着双蛇缠绕的神杖,一瞬之间便可由奥林匹斯山飞往世界最遥远的地方。赫耳墨斯是保护道路的神,在古代希腊各处的道路上、十字路口和房屋的门口都可以看到设置有雕刻着他的头像的方形石柱。在旅行者生前,他保护他们在旅途的平安,他也接引死者的灵魂到悲惨的哈得斯冥国去。他的魔杖可以使人们合上眼睛进入沉睡。赫耳墨斯是交通和旅行者的保护神,商人和贸易的保护神。在贸易中,他使商人有利可图,并将财富赐给人们。他发明了度量单位、数字和字母,并将这一切教给人们。他是演说之神,同时也是机智和诈骗之神。在机灵、狡猾,甚至盗窃上谁也没有他高明,因为他是一个异常灵活的小偷。有一次,为了开玩笑,他窃去了宙斯的权杖、波塞冬的三叉戟和阿波罗的金箭和银弓,以及阿瑞斯的利剑。

> 赫耳墨斯是一个多才多艺的保护神。

阿瑞斯

> 阿瑞斯（罗马人称玛尔斯）——带来死亡和破坏的战神，是古希腊勇敢战士的典范。他同希腊其他神相比所受的尊重比较少。这表明希腊人的说法，宙斯不喜欢他的儿子阿瑞斯，因为他制造纠纷、杀人，并在战斗血流成河时幸灾乐祸。

狂暴的战神阿瑞斯是雷电之神宙斯和赫拉的儿子。宙斯不喜欢他。他经常对自己的儿子说，在奥林匹斯山的众神中他最厌恶他。宙斯不爱他的儿子，是因为他嗜杀成性。如果阿瑞斯不是他的儿子，他早把他打入囚禁提坦巨神的黑暗的塔塔罗斯（地狱）去了。凶残的阿瑞斯只以残酷的战争为乐事。狂暴的战神身着耀眼的武装，手执巨大的盾牌，在厮杀者之间的武器撞击声、喊杀声和呻吟声中冲来冲去。追随他前后的有他的儿子得摩斯（惧怕）和福玻斯（恐怖），不和女神埃里斯和播种凶杀的女神埃尼奥也同他在一起。战斗惊天动地和热火朝天地进行着，阿瑞斯却欣喜若狂，战士们不断地带着呻吟声倒在地上。当他的可怕的利剑砍死战士，战士倒在地上热血涌出时，阿瑞斯得意扬扬。他不分青红皂白地左右开弓乱杀乱砍；在残酷的战神的周围尸体堆积如山。

阿瑞斯是残暴、凶狠和可怕的，但他却经常得不到胜利。在战场上，阿瑞斯对宙斯的英勇的女儿雅典娜·帕拉斯不得不常常让步。她是以智谋和冷静的意志力战胜他的。凡人英雄往往也对阿瑞斯占上风，特别是亮眼睛的雅典娜·帕拉斯帮助那个凡人时。例如，在特洛伊城边，狄奥墨得斯曾用铜矛刺伤了阿瑞斯。这是雅典娜把矛头的打击导向他的。受伤战神的可怕喊声远远地传到了特洛伊人和希腊人的军中。穿着铠甲的阿瑞斯由于痛而喊

嗜(shì)：喜好。

呻吟(shēnyín)：人因痛苦而发出的声音。

出的声音如此之大，就像万名战士投入浴血战斗时齐声高喊一样。希腊人和特洛伊人都吓得打哆嗦，而凶暴的阿瑞斯满身鲜血，驾着一片乌云到他父亲宙斯那里去控告雅典娜。但他父亲不听他的控告，他不喜欢他的儿子，因为他只以争吵、战斗和杀人为乐事。

当阿瑞斯同雅典娜战斗最激烈的时候，即使他的妻子，女神中最美丽的阿芙罗狄忒去帮助她丈夫，胜利者依然是雷电之神心爱的女儿雅典娜。女战神只一击便可把美丽的爱情女神阿芙罗狄忒打倒在地。青春永驻和美丽无双的阿芙罗狄忒流着泪回奥林匹斯山去，而雅典娜在她的身后发出胜者的笑声和嘲讽。

嘲(cháo)讽：嘲笑讽刺。

阿芙罗狄忒

雕塑《断臂的维纳斯》大家一定熟悉。在希腊神话中阿芙罗狄忒便是爱情之神，相当于罗马人眼中的维纳斯。

> 轻浮：言语举动随便，不严肃不庄重。

容颜姣美和行为轻浮的女神阿芙罗狄忒是不参与血腥战斗的。她善于在神和人的心中燃起爱情之火。她凭着这个威力统治着全世界。

无论谁（甚至是众神）都逃不脱爱情威力的诱惑。只有女战神雅典娜、赫斯提娅和阿尔忒弥斯在她的威力前从不折服。

> 凋（diāo）谢：（草木花叶）脱落。

阿芙罗狄忒是天神美丽和永不凋谢的青春的化身，她身材修长匀称，容颜娇嫩美艳，头上的金黄色柔软卷发就像一个美丽的花冠。她走路时，容光焕发，香气四溢，这时阳光也分外灿烂，百花也争相吐艳。当她在树林中行走时，林中的野兽都从树丛中跑出来跟着她，成群的鸟儿也都飞来。狮子、金钱豹、雪豹和黑熊都温顺地对她表示亲热。以自己的容貌姣美而高傲

> 姣（jiāo）美：相貌美好。

无比，阿芙罗狄忒在野兽中间安详地走着。服侍她的女伴是美丽而优雅的女神——时序女神和美惠女神。她们为女神穿上豪华的衣服，为她梳理金黄色的头发，并给她戴上光彩夺目的冠状头饰。

乌兰诺斯的女儿阿芙罗狄忒生于库普罗斯岛附近，她是从海浪的泡沫中诞生的。柔和的微风把她送到了库普罗斯岛。在那里，年轻的时序女神将从海浪中出生的爱情女神包围了起来。她们为她穿上了用金线织成的华贵的衣服，给她戴上由香花编成的

花冠。<u>阿芙罗狄忒所到之处，遍地的鲜花都争相开放，空气中充满了甜蜜的花香</u>。爱神埃罗斯和热恋之神希墨罗特斯将这位美好的女神带上了奥林匹斯山。众神热烈地欢迎她的到来。从此，金黄色卷发的、永远年轻并且在女神中最美丽的阿芙罗狄忒便与众神一起永远住在奥林匹斯山上了。

> 鲜花是为爱而绽放的。被鲜花包围着的阿芙罗狄忒是一位充满甜蜜爱意的女神。

皮格马利翁

> 伟大的艺术家皮格马利翁用洁白的象牙雕刻了一座异常美丽的少女像。久而久之，他爱上了这尊雕像。阿芙罗狄忒帮助他实现了这个美好的愿望。

谁为阿芙罗狄忒忠实地服务，她便把幸福赐给谁。例如，她曾将幸福赐给了伟大的库普罗斯的艺术家皮格马利翁。皮格马利翁讨厌女性，所以他不结婚而单独地生活。有一次，他用洁白的象牙雕刻了一座异常美丽的少女像。这像就像活人一样站在艺术家的工作室里。似乎她在呼吸，似乎她就要动弹，要走路，要说话。艺术家几小时几小时地欣赏他的作品，最后，终于爱上了他自己创造的雕像。他给她带上了珍贵的项链、手镯和耳环，穿上了华丽的衣服，戴上了花冠。皮格马利翁常常低声地说：

"噢，如果你是活人，如果你能回答我的话，那我是多么的幸福啊！"

但是，雕像没有声息。

庆祝阿芙罗狄忒的节日来临了。皮格马利翁为爱情女神献祭了一头角上镀金的小白牛，他双手伸向女神，低声地祈祷说：

"啊，永恒的神啊！敬爱的阿芙罗狄忒！如果你能给祈祷者一切，那么赐给我一位就像我自己雕刻的少女那样美丽的妻子吧！"

皮格马利翁未敢请求众神给予他的雕像以生命，他怕这种请求会惹怒奥林匹斯山的众神。爱情女神阿芙罗狄忒神像前的献祭

手镯（zhuó）：戴在手腕上的环形装饰品。

如果：表示假设的关联词。

的火焰突然明亮起来。这是女神让皮格马利翁明白,他的祈祷神已经听到了。

火焰(yàn):火苗。

艺术家回家去了。他走近雕像,啊!多么幸福啊!多么快乐啊!雕像活了!她的心在跳动,她的眼睛发出了生命之光。阿芙罗狄忒就是这样赐给了皮格马利翁一位美丽妻子。

纳尔基索斯

纳尔基索斯傲慢自负，受到爱情女神残酷的惩罚——爱上了自己的影子。最后，他的体力消耗殆尽死去了，在他倒下的地方长出一种死亡之花——水仙花。

如果谁不尊重高贵的阿芙罗狄忒，谁拒绝接受她的赐予，谁抗拒她的威力，谁就要受到爱情女神的残酷的惩罚。例如，她曾惩罚了河神克菲索斯和仙女拉乌里翁的儿子纳尔基索斯，因为他英俊，但冷漠无情，而又傲慢自负。他除了自己以外谁都不爱，他认为只有自己值得爱。

有一次，当他打猎时在密林中迷了路，仙女埃科（回声）看到了他。仙女自己不能同他讲话。仙女正在承受赫拉女神的惩罚：埃科仙女必须沉默不讲话，回答问题时她只能重复发问者的最后一句话。<u>埃科藏在树丛里非常高兴地在看这个身材匀称的美少年。</u>纳尔基索斯看了周围一下，不知道他应当向哪里走，于是放声喊道：

"哎，谁在这里？"

"在这里！"埃科高声地重复说。

"到这里来！"纳尔基索斯喊道。

"这里来！"埃科回答说。

漂亮的纳尔基索斯吃惊地看了一下四周，没有任何人。他很奇怪，便又高喊了一声：

"这里，快到我这里来！"

埃科高兴地重复说：

"快到我这里来！"

> 埃科不能表达自己的爱意是多么痛苦和无奈啊！

仙女跑出树林，伸出双手直奔纳尔基索斯，但这个漂亮的少年生气地将她推开。他急忙地离开了仙女，走进了阴暗的树林。

遭到拒绝的仙女也躲进人迹不到的林间树丛中去了。她为对纳尔基索斯的爱而感到痛苦，但对谁都不表露出来，不幸的埃科仙女只是悲哀地对每一次喊声应声。

纳尔基索斯依旧骄傲自大和**孤芳自赏**。他拒绝了所有的求爱者。由于他的傲慢，许多仙女都变得不幸。有一次，一个被他拒绝的仙女喊道：

"纳尔基索斯，爱你自己吧！让你爱的那个人也不以爱报答你！"

在一个春天，纳尔基索斯打猎时走到溪边，他想喝凉水解渴。无论是牧人或者是山羊从未触动过这个溪中的水，断树枝也未掉进过溪水里，甚至风也未曾将茂盛花儿的花瓣吹到溪里来。溪水既清洁又透明，像镜子一样把周围的一切——岸上生长的丛树、挺拔高昂的柏树和蔚蓝色的天空——都映照了出来。纳尔基索斯蹲在溪旁，两手撑在水中凸出的石头上，他的全身和他美丽的面孔全都在溪水中反映了出来。阿芙罗狄忒对他的惩罚来临了。他非常惊奇地看着水中自己的影子，强烈地爱上了自己的影子。他的充满**爱慕**的眼睛看着水中自己的影像，那影像在诱惑他，招呼他，并把双手伸向他。纳尔基索斯伏身挨向水面，想去吻自己的影子，但他吻的却是冰冷透亮的溪水。纳尔基索斯忘记了一切，他不离开溪水，目不转睛地欣赏自己的影子。他不吃、不喝，也不睡觉。最后，纳尔基索斯在万分失望中，两手伸向自己的影子感叹地说：

"噢，谁受的痛苦有这样残酷啊！隔开我们的不是山，不是海，而仅仅是一片水，使我们不能在一起。你从溪水中出来吧！"

纳尔基索斯看着自己的影子在想。忽然他的脑海中出现了一个可怕的想法，他弯身伏到水面对自己的影子低声说：

"噢，苦啊！我怕不是爱上了我自己吧！其实你就是我自己！我爱自己。我感觉到我活不长了。我**风华正茂**，就要枯萎，还要

孤芳自赏：自命清高，自我欣赏。

比喻句。

爱慕：由于喜欢或敬重而愿意接近。

风华正茂：形容年轻有为，才华横溢。

到黑暗的冥国去了。我不怕死，死是爱情痛苦的终结。"

纳尔基索斯体力消耗殆尽，面色发白，他感到已经接近死亡，但他还是离不开他的影子。纳尔基索斯哭了。他的泪掉进了清澈的溪水里。水的镜面出现了圆形的涟漪，美丽的影像消失了。纳尔基索斯恐惧地喊道：

"啊，你在哪里！回来吧！别走！不要离开我，那样就太残酷了。噢，哪怕看看你也好！"

水又平静下来，影子又出现了，纳尔基索斯又目不转睛地看着它。他在消瘦，就像在炽热的阳光照射下的花草上的露水一样。不幸的仙女埃科看着纳尔基索斯在怎样受折磨。她仍然爱他，纳尔基索斯的痛苦使她忧心如焚。

纳尔基索斯喊道："噢，痛苦啊！"

埃科也回答说："痛苦啊！"

最后，精疲力竭的纳尔基索斯用微弱的声音对着自己的影子喊道：

"永别了！"

仙女埃科用更低的微微可以听到的声音回应说：

"永别了！"

纳尔基索斯的头垂下了，他倒在岸边的绿草地上，死亡的黑暗遮住了他的双眼。纳尔基索斯死了。年轻的仙女们在树林中哭他，埃科也在哭他。仙女们为他准备了坟茔，在去抬他的尸体时，却没有找到他。但在纳尔基索斯倒下的那个地方，草中却长出了一株洁白的香气四溢的花——死亡之花，人们把它叫做纳尔基索斯（水仙花）。

阿多尼斯

爱神在惩罚了纳尔基索斯之后,她自己也尝到了恋爱的苦头。她所爱的阿多尼斯被野猪刺伤后身亡。为了纪念这位少年,阿芙罗狄忒让他的血中长出了妩美的银莲花。

严惩了纳尔基索斯的爱情女神,她自己也尝到了恋爱的苦头,不得不为她所爱的阿多尼斯哀悼和痛哭。她爱上了库普罗斯国王的儿子阿多尼斯。任何一个凡人都没有他那么漂亮,他甚至比奥林匹斯山的神还要漂亮。阿芙罗狄忒为了他忘记了帕特摩斯岛和繁花似锦的基泰戎山。对她来说,阿多尼斯比奥林匹斯山都可爱。她经常同年轻的阿多尼斯在一起。在库普罗斯的山间和树林,她同阿多尼斯一起打猎,就像狩猎女神阿尔忒弥斯一样。阿芙罗狄忒忘记了自己的珍贵服饰和自己的美丽。在炎炎的烈日下和风雨交加的时刻,她都在追捕野兔、受惊的麋鹿和岩羚羊,但不去捕猎可怕的狮子和野猪。她也要求阿多尼斯不要冒险去猎捕狮子、熊和野猪,以免遭到不幸。女神很少离开国王的儿子,每次离开他时一再嘱咐要记住她的要求。

有一次,趁阿芙罗狄忒不在,打猎时阿多尼斯的狗去追踪一头大野猪。狗把野猪惊起,并狂吠着向它赶去。阿多尼斯对这个肥美的猎获物感到非常高兴,但他没有预感到这是他最后一次打猎。狗的叫声越来越近,树丛中闪过了那头巨大的野猪。阿多尼斯已经准备好用自己的长矛去刺发狂的野猪,突然野猪向他猛扑过来用巨大的獠牙致命地刺伤了阿芙罗狄忒的宠儿。阿多尼斯便死于这个可怕的创伤。

当阿芙罗狄忒得知阿多尼斯的死讯后,她满怀不可言喻的痛

> 繁花似锦:繁密的花朵像锦缎一样。形容美丽的景色或美好的事物。

> 獠(liáo)牙:露在嘴外面的长牙。

苦自己到库普罗斯的山中去寻她所爱的少年的尸体。阿芙罗狄忒爬过悬崖峭壁，走进了黑暗的峡谷，来到无底深渊的边缘。锋利的碎石和刺桃扎破了她的娇嫩的双脚。女神走过的地方，到处都有她滴下的血迹。最后，阿芙罗狄忒找到阿多尼斯的尸体。她悲伤地哭这个夭折的美少年。为了永远纪念他，女神让阿多尼斯的血中长出了姣美的银莲花。在女神受伤的脚上流下血滴的地方，到处长出了繁茂的玫瑰花，它鲜红得就像阿芙罗狄忒的血一样。雷电之神宙斯怜悯爱情之神的悲痛，他命令他的兄弟哈得斯及其妻子佩尔塞福涅让阿多尼斯每年从悲惨的冥国回大地一次。从此时起，阿多尼斯半年待在哈得斯的王国里，半年回到大地同阿芙罗狄忒女神生活在一起。当年轻的美少年、阿芙罗狄忒的宠儿回到阳光普照的大地时，整个自然界都在欢欣鼓舞。

夭折：未成年而死亡。

埃罗斯

大家一定熟悉罗马人心中的爱的天使丘比特吧？他那黄金双翼，他那无法防御的爱神之箭令人十分神往，在希腊神话中也有一个类似丘比特的小天使，他叫埃罗斯。

美丽的阿芙罗狄忒统治着世界。

她同雷电之神宙斯一样有一个使者，她通过使者去执行她的愿望。阿芙罗狄忒的这个使者，便是她的儿子埃罗斯，他是一个快乐、顽皮、狡猾，有时是残酷无情的小孩子。埃罗斯用闪闪发光的黄金双翼在大地上和海洋上迅速而又轻盈地飞翔着。他手中拿着小小的金弓，肩上背着箭袋。这些金箭是谁也无法防御的。埃罗斯的箭是百发百中的；他作为射手比起远射手金黄卷发的阿波罗毫不逊色。埃罗斯射中目标时，他的眼睛高兴得发光，得意扬扬地高高抬起他的卷发的头，并且哈哈大笑。

埃罗斯的箭既带来愉快和幸福，也带来痛苦、爱情的折磨，甚至死亡。这些箭使金黄色卷发的阿波罗和行云之神宙斯都受过不少的折磨。

宙斯预知美丽的阿芙罗狄忒的儿子将要给世界带来许多痛苦和灾难。在埃罗斯刚生下时，宙斯便想杀死他。可是他的母亲能允许这样做吗？她把埃罗斯藏在了无法通行的森林的茂密树丛里，两只凶悍的母狮用奶哺育了小埃罗斯。英俊的埃罗斯长大了，他在全世界到处飞翔，用他的箭给世界带来幸福和美好，或者送来痛苦和灾祸。

毫不逊(xùn)色：一点儿都不差。

凶悍(hàn)：凶猛强悍。

赫菲斯托斯

赫菲斯托斯最初是火神。随着手工业特别是锻冶手工业的发展，成了当时冶金业的保护神。在雅典，人们特别崇拜他，因为那里是希腊手工业最发达的地方。

赫菲斯托斯是火神和锻冶之神，他为宙斯和赫拉所生。赫菲斯托斯刚生下来时，身体瘦小羸弱，而且跛足。赫拉不喜欢他，抓起他就扔到奥林匹斯山下。可怜的赫菲斯托斯在空中飞了好久，最终掉入大海中。未卜先知的老海神涅柔斯的女儿忒提斯收养了他。赫菲斯托斯长大后也不漂亮，而且照旧跛足，但他有一双强劲的手，他是锻冶技术卓绝的艺术家。为了报复母亲，他铸造了一把华丽无比的金椅子，送到奥林匹斯山上，说是送给母亲的礼物。赫拉见到这把精美的椅子，十分欣喜，情不自禁地坐了上去。可是刚一落座，就有许多挣不断的绳子将她缚住。众神谁也无法将王后解救出来。

众神的使者赫耳墨斯立刻去找赫菲斯托斯。可是赫菲斯托斯对母亲的无情耿耿于怀，怎么也不答应赫耳墨斯的请求。最后快乐的酒神狄俄尼索斯赶来，给赫菲斯托斯端上一杯又一杯的美酒，赫菲斯托斯喝得酩酊大醉，听从赫耳墨斯和酒神的摆布。来到奥林匹斯山上后，赫菲斯托斯不费吹灰之力，就解开了母亲赫拉身上的绳索。

此后，赫菲斯托斯就住在奥林匹斯山上。他为众神建造了许多精美的宫殿。

跛（bǒ）足：脚有毛病，走起路来身体不平衡。

未卜（bǔ）先知：形容有预见。

酩酊（mǐngdǐng）大醉：形容大醉。

得墨忒尔与佩尔塞福涅

> 伟大的女神得墨忒尔是威力无比的。她使土地肥沃，没有她的神力，无论是在森林中，还是在草地上，什么都不会生长出来。

女神得墨忒尔是丰收之神，美丽漂亮的佩尔塞福涅则是她唯一的女儿。

有一天，佩尔塞福涅与女伴们无忧无虑地在山谷玩耍，突然大地迸裂，冥国的统治者哈得斯乘坐黑马拉的金马车，从地府来到山谷。他抓住佩尔塞福涅，抱上马车，顷刻间便消失了，佩尔塞福涅只来得及大喊一声。除了太阳神赫里阿斯，谁都没看见这一幕。

得墨忒尔丢失了心爱的女儿，心中十分悲伤。她穿上黑色的衣服，流着痛苦的眼泪，在大地上奔波。她找到太阳神赫里阿斯，请求告诉她女儿的下落。赫里阿斯回答道："尊敬的女神，是宙斯同意将你的女儿嫁给他的兄弟、冥国的主宰哈得斯的。你的女儿已变成宙斯的兄弟的妻子了。"

得到这个消息后，得墨忒尔更加悲伤。她离开众神，离开奥林匹斯山，变成人间的女子，穿着黑衣，奔波于大地之上。

于是，地面上的万物都停止了生长，树叶枯黄、飘落，草木凋零，肥沃的土壤一片荒凉，到处都是饥饿的呻吟。死亡威胁着一切生命。可是，得墨忒尔沉浸在失去爱女的悲伤之中，对这一切熟视无睹。

伟大的宙斯不希望凡人被饿死，便委派使者去找得墨忒尔，

迸（bèng）裂：裂开而往外飞溅。

顷（qǐng）刻：极短的时间。

熟视无睹：熟视：细看，经常看。看惯了就像没看见一样。也指对眼前事物不关心。

请求她返回众神中间，履行职责。可是得墨忒尔不答应，除非她的女儿回到她的身边。宙斯只得让赫耳墨斯去冥国传达他的旨意：让佩尔塞福涅回到她母亲身边。

哈得斯同意放佩尔塞福涅到她母亲那里去，但是，预先让她吃了作为结婚象征的石榴子。佩尔塞福涅同赫耳墨斯登上了她丈夫的黄金车，哈得斯的神马迅速驶去，神马是任何障碍都能逾越的，一瞬之间，她们来到了埃莱夫西斯。

> 逾（yú）越：超越。

得墨忒尔急忙向着自己的女儿扑去，并把她抱在怀中，由于欢乐她忘记了一切。她的最心爱的女儿佩尔塞福涅又和她在一起了。得墨忒尔同她一起上了奥林匹斯山。这时，伟大的宙斯决定，三分之二的时间，佩尔塞福涅同母亲住在一起，而三分之一的时间，要回到她丈夫哈得斯那里去。

伟大的得墨忒尔又让大地恢复了生命力。树木生出了嫩绿的春芽；在翡翠般绿油油的嫩草地上，开满了似锦的鲜花；麦田很快开始结穗；果园中的花开放了，放出阵阵清香；葡萄的绿枝上洒满了阳光。整个自然界复苏了。一切生物都欣欣向荣，都在赞美伟大的女神得墨忒尔和她的女儿佩尔塞福涅。

> 有生命力的大自然令人神往，它的祝福更是充满阳光。

但是，佩尔塞福涅每年都要离开她母亲，得墨忒尔每年都要陷入悲哀之中，并且重新穿起她的黑色衣服。整个自然界都为佩尔塞福涅的离去而忧伤。树叶枯黄了，秋风将它吹落了，花儿凋谢了，大地空旷了，冬天来到了。大地进入了沉睡，要到欢乐的春光明媚时才能苏醒，也就是佩尔塞福涅从悲惨的哈得斯王国回到她母亲身边的时候。当她的女儿回到她身边时，伟大的丰收女神得墨忒尔就慷慨地把她的礼物撒向人间，并祝福农人的劳动获得丰硕的收成。

特里普托勒摩斯

> 女神的宠儿特里普托勒摩斯将耕种技术传授给人们，但是林克奥斯却想将这个荣誉据为己有，在他刺杀特里普托勒摩斯的那一瞬，得墨忒尔将他变成了猞猁。

伟大的女神得墨忒尔使土地肥沃，并且亲自教会人们如何耕种以获得粮食的丰收。她把小麦种子交给埃莱夫西斯国王最小的儿子特里普托勒摩斯，他就是用犁把埃莱夫西斯附近的拉里依大地耕了三次，然后把种子扔进黑色土壤的第一个人。得墨忒尔亲自为它祝福的这块土地获得了丰收。特里普托勒摩斯遵照得墨忒尔的指示，乘着双翼龙驾的神车飞遍全国，到处教人们种地。

特里普托勒摩斯到了辽远的斯库提亚的国王林克奥斯那里，并教会了他稼穑。但是，这个骄傲的斯库提亚国王想将特里普托勒摩斯教授人们种田的荣誉据为己有。林克奥斯决定在伟大的特里普托勒摩斯睡觉时杀死他。但是，得墨忒尔没有使这场凶杀得逞。她决定惩罚林克奥斯。因为他违犯了好客的惯例，竟然要对她的宠儿下毒手。

当夜晚林克奥斯悄悄摸到特里普托勒摩斯安静睡觉的内室时，在他正要用短剑刺杀睡着的特里普托勒摩斯的那一瞬间，得墨忒尔女神把他变成了一只野猞猁。

变成野猞猁的林克奥斯躲藏到黑暗的树林中去了，而特里普托勒摩斯坐着自己的神车离开斯库提亚人的国家，从一个国家到另一个国家，去将女神得墨忒尔的伟大的礼物——耕种技术传授给人们。

肥沃：(土地)含有较多的适合植物生长的养分。

稼穑(jiàsè)：种植和收割，泛指农业劳动。

得逞(chěng)：(坏主意)实现，或指达到目的。

猞猁(shēlì)：外形像猫，但大得多，皮毛珍贵。

埃律西克通

> 埃律西克通不仅不对神举行祭献，反而侮辱伟大的得墨忒尔女神。最后，他被饥饿折磨而死。

亵渎（xièdú）：轻慢，不尊敬。

虽然……但……：表示转折。

得墨忒尔女神不仅惩罚了斯库提亚国王林克奥斯，也惩罚了帖萨利亚的国王埃律西克通。埃律西克通是一个傲慢自负和亵渎神灵的人。他从不对神举行祭献，而且竟胆敢侮辱伟大的得墨忒尔女神。他决定砍伐得墨忒尔女神树林中的百年老橡树，这棵树是得墨忒尔女神的宠儿女树神德律阿得斯原来的住处。谁也制止不住埃律西克通。

这个渎神者高喊："虽然这是女神得墨忒尔所不喜欢的事，但我还是要砍掉这棵橡树！"

埃律西克通从仆人手中夺过斧头，深深地砍进了橡树。橡树从内部发出了痛苦的呻吟声，并从树皮中涌出了鲜血。站在橡树前的国王的仆人都非常惊讶。其中有一个人大胆出来阻止他，但怒火万丈的埃律西克通杀死了这个仆人，并且喊道：

"这是你恭顺神的奖赏！"

橡树发出像呻吟一样的声音倒在了地上，住在里面的女树神德律阿得斯也死了。神圣的树林中的女树神们都穿上了丧服来到了女神得墨忒尔那里，她们祈求女神惩罚埃律西克通，因为他杀死了她们亲爱的女友。得墨忒尔非常恼火。她派女树神去找饥饿女神。她派去的女树神乘着得墨忒尔的双翼龙驾的神车迅速来到斯库提亚的高加索山前，在那里的光秃秃的寸草不生的山上找到了饥饿女神，她两眼深陷，脸色苍白毫无血色，头发蓬乱，皮肤粗糙，全身只剩一副骨头架子。使者对她传达了女神得墨忒尔的指示，饥饿女神立即去执行她的命令。

　　饥饿女神来到了埃律西克通的家中，并在埃律西克通的内脏里激起了一种永远吃不饱的饥饿感。埃律西克通吃得愈多饿得愈加厉害。他的所有家产都用去购买各种各样的食物，这些食物更加强烈地引起了埃律西克通的不可抑制的、痛苦万分的饥饿。最后，埃律西克通除了有一个女儿外什么都没有了。为了有钱去买食物，他竟将女儿卖了去当奴隶。但是，他的女儿从海神波塞冬那里得到一种恩赐，她可以随便变化，所以每一次她都以变成鸟儿、马、牛的形象从购买她的人手中解脱。埃律西克通把自己的女儿卖出了数次，但他从这种买卖得到的钱有限。饥饿对他的折磨越来越厉害，他的痛苦越来越不能忍受。最后，埃律西克通开始用牙齿咬吃自己身上的肉，并在极端的痛苦中死去了。

粗糙（cūcāo）：不光滑。

恩赐：指帝王给予赏赐。

夜神、月神

美丽的夜空充满无尽的神话。夜神尼克斯、月神塞勒涅在黑暗中给人们以安宁和沉寂。

帷(wéi)幕：慢帐。

闪烁(shuò)：光亮忽明忽暗。

犄角：牛羊等头上长出的坚硬的东西。

惨淡：暗淡无色。

夜 女神尼克斯乘着她的黑马牵引的车在天空缓慢地行驶。她用黑色的帷幕把大地遮住。周围都被黑暗笼罩了。在夜女神神车的周围聚集着成群的星星，它们向地面散发出闪烁不定的光芒，这是黎明女神埃奥斯和阿斯特赖奥斯的年轻的儿子们。它们不计其数地满布在黑夜的天空。东方似乎出现了轻微的霞光，它越来越亮了。这是月亮女神塞勒涅上升到了天空。直犄角的公牛慢腾腾地拉着她的车在天空中行走。穿着白色长衣，头戴月牙冠的月亮女神安详而庄严地在天空中行进。她温和地照着沉睡的大地，将银光洒满各处。月亮女神在走完天穹之后下沉到卡律亚山的拉特摩斯山洞。山洞里躺着永远沉睡的美丽的恩狄弥翁，塞勒涅爱上了他。她弯下身子去吻他，并悄悄地向他讲情话。但是，沉睡着的恩狄弥翁听不见，因此塞勒涅便很忧伤，从而她夜间照到大地上的月光也是惨淡的。

太阳神和他的儿子

每天太阳神都如期地将阳光洒向大地的每一个角落，只有一天太阳神没有驾车到天空来普照人间。那么事情会如何进展呢？

太阳神赫里阿斯乘着锻冶之神赫菲斯托斯为他定做的由四匹长有羽翼的马拉着的金车，从大洋河边驰上天空。群星看见太阳神，纷纷躲进黑夜的怀抱，初升的太阳照亮了整个世界。赫里阿斯的金车越升越高，将阳光洒向大地的每一个角落。太阳神走完了一天的路程后，就又降落到大洋河边，乘着一条金船返回太阳国的宫殿。第二天再重复头一天的历程。

可是，有一天太阳神却没有给人类送来光明。

原来，有人对太阳神的儿子法厄同说："我不相信你是太阳神的儿子，你只不过是普通凡人的儿子。"法厄同被这样的羞辱激怒了，他径直去找父亲赫里阿斯。赫里阿斯说："你确实是我的儿子。为使你日后不再生疑，你现在可以向我要你想得到的东西，我发誓会满足你的要求。"

径直：直接。

法厄同便提出他想代父亲驾着金车驰向天空。太阳神惊恐万分，但自己既已发誓，便只好在战战兢兢中将法厄同扶上金车。满心欢喜的法厄同跳上车，抓住缰绳，金车启程了。

战战兢兢：因害怕而微微发抖的样子。

可是，驾车的神马却离开赫里阿斯驾车的固有路线，盲目地奔跑起来。法厄同不知道路在何方，根本驾驭不了神马，吓得连手中的缰绳也掉了。自由了的神马更是飞驰起来。由于马车离大地太近，大地被火焰吞噬着，城市在消亡，人民在

驾驭(yù)：驱使车马行进。

死亡。

　　为了挽救这种可怕的局面，雷神宙斯不得已投下一道道闪电，将地面的大火击灭，又用闪电将太阳车击碎。赫里阿斯的神马四散而逃。法厄同则像流星一样划过天空，掉在波浪之中。赫里阿斯目睹这一切，悲痛难忍，整整一天都未在天空中露面。

目睹(dǔ)：亲眼看见。

酒神狄奥尼索斯

酒神狄奥尼索斯的再次出生地竟是父亲宙斯的大腿，真有点儿不可思议。这就是神仙们的非同一般之处。

宙斯对他所爱的塞墨勒说："无论你提出什么要求，我都满足你。我对神圣的河水发誓，决不食言。"女神赫拉嫉妒塞墨勒，想害死她，就怂恿她要求宙斯拿出全副威严的仪杖。不明底细的塞墨勒轻信了赫拉的话，要求宙斯满足她的这个要求，宙斯已发过誓，只好照办。

当宙斯拿出他全部的仪杖来见塞墨勒时，雷电闪闪，大火将周围的一切都烧着了。塞墨勒瘫倒在地，大火也烧灼着她。塞墨勒临死之前生下了羸弱不堪、难以存活的儿子狄奥尼索斯。宙斯用常春藤的绿枝挡住大火，使小狄奥尼索斯幸免于难。为了让狄奥尼索斯存活下去，宙斯将他缝进自己大腿的肉中。待狄奥尼索斯长结实后，他从父亲的大腿中再次降生。

在神女们的精心抚养下，狄奥尼索斯逐渐长大，成了英俊强健的酒神，他给人们带来喜悦和丰收。

狄奥尼索斯头戴葡萄藤编成的冠冕，手持常春藤缠绕的酒神杖，领着狂女和醉汉从一个国家走到另一个国家。他教人们种植葡萄，用葡萄酿酒。

狄奥尼索斯对将他作为神来崇拜的人是给予奖励的。例如，在阿提卡，伊卡里奥斯曾热情接待了狄奥尼索斯，他便奖励了他。狄奥尼索斯将葡萄枝送给了伊卡里奥斯，他便成了在阿提卡第一个种植葡萄的人。但是，伊卡里奥斯的命运却是悲惨的。

食言：不履行诺言。

怂恿(sǒngyǒng)：鼓励别人去做某事。

烧灼(zhuó)：烤。

冠冕(miǎn)：古代帝王戴的帽子。

有一次，他把葡萄酒给牧人们喝，而这些人不知道醉是什么，以为伊卡里奥斯要毒害他们，便把他打死，将其尸首埋在山中。伊卡里奥斯的女儿埃里戈涅寻找他的父亲很长时间。最后，在她的家犬迈拉的帮助下，她才找到父亲的坟墓。不幸的埃里戈涅在万分悲痛中吊死在她父亲坟旁的树上。狄奥尼索斯把伊卡里奥斯和埃里戈涅及其家犬迈拉带上了天。从那时起，他们就在晴朗的夜空中闪闪发光——这便是牧夫（星）座、室女（星）座和大犬（星）座。

狄奥尼索斯也惩罚了第勒尼安海上的海盗，不是因为他们不承认他是神，而是他们想对他作为一个凡人进行迫害。

有一次，年轻的狄奥尼索斯站在蔚蓝色的大海边。海风柔和地吹拂着他的深色的卷发，从他匀称的肩头垂下的紫色斗篷的下摆也在微微地摆动。海上远处出现了一只船，它迅速地向岸边驶来。当船已经很近时，海员们——这是第勒尼安海上的海盗——看见在空旷的海岸上有一个奇异的少年。他们迅速靠了岸，来到岸上逮住了狄奥尼索斯，并把他带到船上。强盗们没有预料到，他们俘虏的是神。强盗们欢天喜地地认为，这样一个有利可图的俘获竟然落到他们手中。他们相信，把这样好的一个青年卖去当奴隶，可以卖得许多黄金。上船后，强盗们想把狄奥尼索斯用沉重的铁链铐起来，但镣铐从青年的手和脚上自动脱落下来。狄奥尼索斯坐在那里看着强盗们，并且在安详地微笑。当舵手看到铁链锁不住青年的手时，他恐惧地向自己的同伙们说：

"不幸的人们啊！我们做了什么事啊！莫不是我们想给神带上镣铐啊？你们看，甚至我们的船勉强能够载动他吗？这是不是宙斯，是不是银弓之神阿波罗，或者是大地震撼者波塞冬啊？不，他不像是一个凡人！这是住在奥林匹斯山的一位神。快把他放开，让他上岸。不要让他招来狂风和在海上掀起可怕的暴风雨！"

但是，船长恶狠狠地回答聪明的舵手说：

"卑鄙可耻的家伙！你看，是顺风吧！我们的船不是在无边

空旷（kuàng）：空而宽阔。

俘虏（fúlǔ）：打仗时捉住（敌人）。

舵（duò）手：掌舵的人。

无际的大海上乘风破浪地飞速行驶吗？关于这个青年，我们以后再去管他。我们驶往埃及或者塞浦路斯，或者驶往遥远的许佩尔玻瑞族人的国家去，在那里将他卖掉，让这个青年在那里去找他的朋友和兄弟去吧。不，这是众神把他送给我们的！"

强盗们若无其事地升起了船帆，将船驶进了辽阔的大海。忽然，奇迹出现了：满船都流着醇香的葡萄酒，空气中都充满浓烈的香味。强盗们吓得呆若木鸡。在船帆上满是嫩绿的葡萄枝，上面挂着累累的葡萄；深绿色的常春藤缠绕住了桅杆，到处出现了红色的果实；花环缠绕住了桨架。在强盗们看到这一切以后，他们乞求明智的舵手赶快把船开到岸边去。但是，已经晚了！青年变成了一头猛狮，发出可怕的吼声在甲板上站了起来，眼睛里发出凶光。在恐怖中，强盗们都跑到船尾，围到舵手的周围。猛狮一跃扑向船长将他撕裂成碎片。强盗们感到没有得救的希望时，一个接一个地跳进海浪中，狄奥尼索斯把他们都变成了海豚。舵手得到狄奥尼索斯的赦免。狄奥尼索斯又现出了原形，温和并微笑地对舵手说：

"不要怕，我喜欢你。我是狄奥尼索斯，是雷电之神宙斯和卡德摩斯的女儿塞墨勒的儿子。"

若无其事：不把事情放在心上。

醇香：纯正芳香。

桅（wéi）杆：船上挂帆的杆子。

赦（shè）免：减轻或免除刑罚。

潘

山林之神潘，虽然是希腊的最古老的神之一，在荷马时代和以后直到公元前11世纪都有过，但他的作用却很小。仅就将潘描绘为半人半山羊来看，就说明这个神的古老程度。最初，潘是森林之神、牧人之神和畜群的保护者，甚至在阿尔卡迪亚和在阿尔戈斯对潘比较崇拜的地方，都没有把他列入奥林匹斯众神之内。但是，潘逐渐丧失了最初的性质，而成为保护整个自然界的神。

在狄奥尼索斯的伴随者中，有时可以看到山林和畜牧神潘。在伟大的潘生下时，他母亲——仙女德律奥佩看到自己的儿子后吓得逃跑了。他生下来有山羊的蹄子和山羊的角，还有山羊的长胡须。但他的父亲赫耳墨斯很喜欢儿子的出生，他把儿子抱到奥林匹斯山众神那里。所有的神都很高兴潘的出生，看到他后大家都哈哈大笑。

潘没有留在奥林匹斯山上与众神同住。他到绿树成荫的森林中和山里去了。他在那里，边吹着声调优美的芦笛，边在放牧羊群。仙女们只要一听到潘的奇妙的笛声，就成群地来到他那里，包围住他，在潘演奏的音乐声中，在绿草如茵的僻静的山谷里，跳起欢快的轮舞。潘自己也喜欢参加仙女们的舞蹈。在潘欢乐时，山坡树林中的欢笑声直冲云霄。仙女们和萨提尔们同吵闹的长着山羊蹄的潘在一起蹦蹦跳跳。炎热的中午来到时，潘便离去到茂密的树林中或清凉的山洞中去休息。打搅潘的安静是很危险的：他会大发脾气，在愤怒之下，他会让你去做压抑的噩梦，他也可能突然出现去恐吓惊动他的同伴。最后，他能给人降下惊慌失措的恐怖感，这种恐惧使人仓皇地乱跑：不择道路地穿过森林，越过崇山峻岭，跑在深谷的边缘，而不理会随时都有生命危险。曾经有过这样的事，潘引起了整个军

茵(yīn)：垫子或褥子。

云霄(xiāo)：极高的天空。

仓皇(cāng huáng)：匆忙而慌张。

队的恐慌，使全军陷于无法制止的仓皇逃窜。不要去逗惹潘——他生气时是可怕的。然而，如果他不生气时，却是仁慈和宽厚的。他赐给牧人许多福祉。伟大的潘是狂欢乱舞的迈纳德斯舞蹈的快乐的参加者，是酒神狄奥尼索斯的经常的伴随者，他保护和照料着希腊人的畜群。

福祉（zhǐ）：幸福。

伟大的潘也躲不过金翅埃罗斯的爱情之箭。他爱上了美丽的仙女西琳克斯。她很孤傲，拒绝了所有人的求爱。她像勒托的女儿伟大的阿尔忒弥斯一样非常喜欢打猎。常有人将西琳克斯当做阿尔忒弥斯，因为年轻的仙女穿着短衣裙，背着箭袋拿着弓，是那样的美好。她同阿尔忒弥斯相似得就像两滴水一般，不过她的弓是角制的，而伟大女神的弓却是黄金的。

有一次，潘看到了西琳克斯便想走近她的身边。仙女看了一眼潘便吓得仓皇逃跑。潘便紧追不舍，眼看就要赶上她了。前面横着一条大河。仙女往哪里跑啊？西琳克斯双手伸向大河祈求河神保护她。河神听从了仙女的祈祷便将她变成了芦苇。跑到的潘已经伸手想去抱住西琳克斯，但他却抱了一怀柔韧的、发出轻微簌簌声的芦苇。潘站在那儿悲伤地叹气，他从芦苇的柔和的簌簌声中听出了美丽的西琳克斯对他的告别祝福。潘折下几根芦苇，用蜡将长短不一的苇节固定在一起，做成了一支音色甜美的芦笛。潘为了纪念仙女，把它叫做西琳克斯芦笛。从此时起，潘喜欢在僻静的森林中吹奏西琳克斯芦笛，柔和的笛声飘荡在周围的山中。

潘以芦笛吹得好而自负。有一次，他向阿波罗挑战要比赛。比赛在特摩洛斯山坡上进行。评判是这个山的山神。阿波罗身穿紫色长袍，头戴桂冠，手执金基发拉琴前来比赛。潘是第一个出场演奏的。他的牧童芦笛吹出了普通的声音，柔和地在特摩洛斯山中回荡。在他的芦笛的回声停止后，阿波罗拨动了他的基发拉琴的金弦。洪亮的琴声传到四面八方。站在周围的人都入迷地听

桂冠：月桂树叶编的帽子，古代希腊人授予杰出的诗人或竞技的优胜者。后来欧洲习俗以桂冠为光荣称号。

着阿波罗的演奏。基发拉琴金弦的声调昂扬,整个自然界都鸦雀无声,<u>在寂静中琴的旋律就像波浪似的不断涌来,洋溢着神奇的美感</u>。阿波罗演奏完毕,他的基发拉琴的最后的声音休止了。特摩洛斯的山神裁判阿波罗得胜。所有的人都赞美伟大的基发拉琴之神。只有弥达斯不欣赏阿波罗的演奏,他赞扬潘的平常的演奏。阿波罗非常生气,他抓住弥达斯的耳朵把它拉长。从此,弥达斯变成了驴耳朵,他拼命地用很大很长的丘尔邦(缠头布巾)把它遮盖起来。而被阿波罗战败的潘郁郁不乐地躲到更深的树林中去了。他的芦笛不时地发出幽怨的缠绵的笛声,年轻的仙女们都喜欢听它。

鸦雀无声:形容十分寂静。

比喻句。

五个时代

> 金属"金银铜铁"价值一降再降,"金银铜铁"时代也是"一代不如一代"。

第一个时代是黄金时代,那时克罗诺斯在天上统治着世界。这个时代的人们可以像安闲的神一样无忧无虑地生活,不需要劳作,大地就能提供丰富的果实。他们没有疾病,不会衰老,活了很久之后,死亡才降临,这种死亡也没有痛苦,就像平静的睡眠。黄金时代结束后,这个时代的人的幽灵成为人类后代的保护神。

第二个时代是白银时代,这个时代的人在生活中会遇到许多不幸和痛苦,他们不服从永生的神祇,所以,克罗诺斯伟大的儿子宙斯消灭了这一代人,将他们打发到黑暗的地下王国。他们在那里生活,既无快乐,也谈不上什么悲伤。

第三个时代是青铜时代,这个时代的人是宙斯用矛杆创造出来的,宙斯*赋予*他们高大的身躯和不可摧毁的力量。他们骄横*狂妄*,喜爱充满痛苦和死亡的战争,因而互相残杀,很快就都到可怕的哈得斯所统治的冥国去了。

这一代人刚去冥国不久,宙斯又创造了第四个时代和新一代靠大地养活的人。这一代人是与神祇相仿的半神英雄。他们或死于有七座城门的忒拜城下,或死在特洛伊城下。这些半神英雄被死神夺走之后,宙斯把他们打发到远离活人的大地尽头。

第五个时代是黑铁时代,这一时代在大地上一直延续至今。众神给人们带来痛苦和忧愁,他们的子女不孝敬父母,朋友互不忠诚,相互之间缺乏爱心,到处充满暴力。

赋予:交给(重大使命、任务)。

狂妄(wàng):极端自高自大。

杜卡利翁和皮拉（洪水）

这个神话叙述的是关于世界发大洪水以及杜卡利翁和皮拉怎样在大木箱中得救的故事。在古代的巴比伦也有关于洪水的故事：这是古犹太人借用的关于乌特纳皮什提姆的神话，即古犹太人关于世界大洪水和诺亚的圣经神话。

> 累(lěi)累：形容累积得多。

> 顶礼膜拜：形容对人极端崇敬。

> 嗜(shì)：偏好。

> 驰骋(chěng)：（骑马）奔驰。

> 屹(yì)立：稳固地立着。

青铜时代的人类犯下了累累罪行。他们傲慢和亵渎神灵，根本不信服奥林匹斯的众神。雷电之神宙斯对他们很恼怒。宙斯特别气恨阿卡狄亚的吕科苏拉王吕卡翁。有一次，宙斯以普通凡人的形象来到吕科苏拉。为了让居民知道他是神，宙斯给他们显示了征兆，所有的居民都跪在他面前对他顶礼膜拜。只有吕卡翁一人不愿向宙斯表示对神的尊敬，而且还嘲弄对宙斯膜拜的那些人。吕卡翁想考验一下宙斯是否是神。他杀死了在他宫中的一个人质，将其部分肉体煮熟，部分在火上烧烤，作为晚餐来招待伟大的雷电之神。宙斯怒火万丈，用雷电将吕卡翁的宫殿烧毁，并将吕卡翁变成嗜血的豺狼。

由于人们越来越亵渎神灵，伟大的行云之神、神盾持有者宙斯决定整个消灭这一纪人类。他决定让特大的暴雨袭击大地，以便淹没一切。他禁止所有的风吹动，只让潮湿的南风神诺托斯在天空赶着雨云驰骋。暴雨倾泻到大地上，大海和河里的水位越涨越高，淹没了四周。城市和城墙，房屋和神庙都被水淹没，甚至高高耸立在城墙上的塔楼尖顶都看不见了。水逐渐地淹没了一切。整个希腊变成了一片波浪滔天的汪洋大海。但是，在滚滚的波浪之中，双头的帕尔纳索斯山的顶峰仍然屹立在那里。在以前农民耕种的地方和曾经果实累累的葡萄园中，鱼儿在枝叶间游水；在水淹没的森林中，成群的海豚在嬉戏。

青铜时代的人类就是这样灭绝的。在这场巨大的灾难中，只有两个人得以幸免，这便是普罗米修斯的儿子杜卡利翁和他的妻子皮拉。杜卡利翁按他父亲普罗米修斯的劝告，制造了一个巨大的木箱，在里面储备了食物，然后和妻子一同进入木箱。杜卡利翁的木箱在淹没整个大地的海浪中漂流了九天九夜。最后海浪将他带到双头的帕尔纳索斯山的顶峰。宙斯让暴雨停止了。杜卡利翁和皮拉走出了木箱，对在巨浪中保全了他们性命的宙斯举行了感恩的献祭。洪水退下去了，满目荒凉、像沙漠似的大地重新出现了。

这时，神盾持有者宙斯派众神使者赫耳墨斯去见杜卡利翁。众神使者飞速地降落到大地，来到杜卡利翁面前并对他说：

"神和人的统治者宙斯知道了你的虔诚，让你选择一个奖励。讲出你的愿望，克罗诺斯的儿子会使你的愿望实现的。"

杜卡利翁回答赫耳墨斯说：

"噢，伟大的赫耳墨斯，我只向宙斯祈求一件事：求他让大地重新居住上人类吧！"

风驰电掣的赫耳墨斯立即回到光明的奥林匹斯，并将杜卡利翁的祈求转陈宙斯。伟大的宙斯命杜卡利翁和皮拉将石头从肩上向后掷去而不回头看一下。杜卡利翁执行了伟大的雷电之神的神谕，他扔出的石头变成了男人，他的妻子皮拉扔出的石头变成了女人。因此，在洪水泛滥之后大地上又有了居民。于是大地住上了由石头变来的新的一纪人类。

风驰电掣(chè)：驰，奔跑。掣，一闪而过。形容速度非常快。

谕(yù)：告诉；吩咐。

盗火英雄——普罗米修斯

盗火英雄普罗米修斯为了人类的幸福，不惜自己受难，这种伟大的精神为世人所敬仰。古希腊三大悲剧家之一——被誉为"悲剧之父"的埃斯库罗斯，就曾借用这个神话，写成《被缚的普罗米修斯》，歌颂雅典奴隶主民主派反对贵族专制统治的斗争。

普罗米修斯是地神盖娅和乌拉诺斯之子伊阿珀托斯之子，他的祖先是被宙斯流放的神祇。他曾帮助宙斯与提坦神作战。宙斯夺得世界的统治权后，便不再信任普罗米修斯这个提坦神。在普罗米修斯保护那些早在克罗诺斯时代就已存在而宙斯却想把他们消灭的无辜人类时，宙斯更仇视他了。普罗米修斯可怜没有智慧的凡人，不希望他们进入冥国。于是，他从锻冶之神赫菲斯托斯那儿盗来天火，交给人类；他还向人们传授各种技艺和知识，教会人们计算、阅读、书写；最后，又教给人们耕种、航海、治疗疾病。

为了惩罚普罗米修斯，宙斯命令锻冶之神赫菲斯托斯用牢固的铁链将普罗米修斯的手脚锁在高加索的山脉上，再用一根钢钎穿透他的胸膛。宙斯如此惩罚普罗米修斯，还有一段隐情，那就是普罗米修斯知晓宙斯难以逃脱被推翻的命运，而如何摆脱这个厄运的秘密他也知晓。坚强的普罗米修斯拒绝告诉宙斯这个秘密，宙斯便更加严厉地惩罚他：宙斯指派一只神鹰每天用尖利的爪子撕开普罗米修斯的胸膛，用嘴啄食他的肝脏。第二天伤口愈合后，肝脏也修复了，神鹰再来啄食，天天如此。

在普罗米修斯被缚期间，变成母牛的可怜的伊娥曾来找过他，普罗米修斯让她去埃及，并预言她的后代中将会出现一个凡人的英雄，这个英雄会把普罗米修斯自己从桎梏中解救出来（这

无辜(gū)：没有罪。

钎(qiān)：在岩石上凿孔的工具。

缚(fù)：捆绑。

个凡人英雄即赫拉克勒斯)。

若干个世纪过去了,心力交瘁的普罗米修斯结束苦难的日子不远了。伟大的英雄赫拉克勒斯在找寻赫斯珀里德斯的金苹果的途中来到普罗米修斯被缚的地方,对他充满了同情。这时,那只巨鹰又来啄食普罗米修斯,赫拉克勒斯取出一支箭,搭在弓上,一箭命中,巨鹰落入汹涌的大海。

普罗米修斯解放的时刻终于来到了。赫耳墨斯从奥林匹斯山飞驰而来,向他保证,只要说出宙斯如何才能逃脱厄运的秘密,立即获释。普罗米修斯这时才透露:"不要让宙斯与海中女神忒提斯成亲,因为命运诸女神已给忒提斯规定,不管谁做忒提斯的丈夫,他们生下的儿子都将比父亲强大。让众神把忒提斯嫁给英雄珀琉斯,他们的儿子将是全希腊最伟大的英雄。"

赫拉克勒斯挥舞大棒,砸碎了缚绑普罗米修斯的锁链,又将钢钎也拔出来。

普罗米修斯完全自由了。

心力交瘁(cuì):瘁,过度劳累。精神体力都极度劳累。

汹涌(xiōng yǒng):(水)猛烈向前涌或翻滚。

厄(è)运:困苦的遭遇。

珀耳修斯

勇敢的珀耳修斯杀死蛇发女妖后历经磨难,回到出生地阿耳戈斯。最终他也没逃脱厄运,还是杀死了自己的外祖父。

阿耳戈斯的国王阿克里西俄斯得到一个可怕的预言:他的外孙将会杀死他。为了逃避这个厄运,阿克里西俄斯将女儿达那厄和外孙珀耳修斯钉进一个木箱子,然后将木箱子投入大海。

珀耳修斯是达那厄与宙斯的儿子,他们母子注定会得救的。果然,木箱子在海上漂流了一段时间后,被塞里福斯国的国王波吕得克忒斯发现,并将达那厄母子收留。

珀耳修斯杀死蛇发女妖

当珀耳修斯长成一个小伙子时,波吕得克忒斯命令珀耳修斯去取来三个蛇发女妖之一墨杜萨的头,并且激将珀耳修斯:"如果你真是宙斯的儿子,就去把女妖墨杜萨的头取来!"

珀耳修斯踏上了遥远的征程。三个蛇发女妖住在大地西方的尽头,她们全身长着坚硬如钢的发光的鳞甲,只有赫耳墨斯的弯剑才能砍碎这鳞甲。她们有粗壮的铜手,锋利的钢爪。她们头上长的不是头发,而是嘶嘶作响的毒蛇。只要向她们狰狞的面孔看上一眼,任何人都会立即变成石头。她们有金色的双翼,在空中高速飞行,谁遇见她们谁就遭殃。

为了帮助宙斯的儿子建立功业,众神的使者赫耳墨斯送给珀耳修斯一把锋利的剑,雅典娜则送给他一面铜盾牌,这面盾牌可

鳞(lín)甲:有些身体表面具有保护作用的薄片状组织。

遭殃(yāng):遭受祸害。

像镜子一样照见一切。珀耳修斯经过了许多国家，行程千万里，最后来到格赖埃三姐妹居住的黑暗的国家。她们三姐妹只有一只眼睛和一颗牙齿。她们轮流使用这只眼睛和这颗牙齿。当其中一个使用这只眼睛时，另外两个就成了瞎子；在交接眼睛的过程中，她们三个都是瞎子。这三个姐妹守卫着通向蛇发女妖住地的路。

珀耳修斯依照赫耳墨斯的嘱咐，在黑暗之中悄悄靠近她们，在她们传接那只眼睛的瞬间，抢来了那只眼睛。三姐妹大惊失色，为了恢复视力，不得不违心地告诉了珀耳修斯通往女妖住地的路线。

接着，珀耳修斯又从几位神女手中得到了三样礼物：冥国主宰者哈得斯的头盔，戴上它可成为隐身人；一双有翅膀的鞋子，穿上它可在风中飞行；一个神奇的革囊，它可大可小。珀耳修斯穿上鞋，戴上头盔，背上革囊，向女妖的岛屿飞去。

飞着飞着，珀耳修斯看见了三个睡在岩石上的女妖，睡梦中她们伸着铜手，头上的毒蛇在缓缓蠕动。珀耳修斯不敢正眼看她们那狰狞的面目，因为看上一眼自己就会变成石头。他拿出雅典娜送来的铜盾牌，找寻墨杜萨，因为只有墨杜萨是肉身，可以被杀死。珀耳修斯找准目标，像一只雄鹰一般扑向墨杜萨。墨杜萨头上的毒蛇嗅到袭击者的气味，咝咝地昂起了头，墨杜萨动弹了一下，已微微睁开了眼。就在这千钧一发之际，珀耳修斯用锋利的剑砍下墨杜萨的头，然后装在革囊之中。墨杜萨挣扎的尸体滚进大海，惊醒了另外两个姐妹。可是珀耳修斯现在是隐形人，任她们怎么找，都是白费劲儿。

比喻句。

千钧一发：比喻情况万分危急。

转眼之间，珀耳修斯飞到了利比亚的上空，墨杜萨头上的血渗出革囊，大滴大滴地掉在地下。血滴中又长出了毒蛇，毒蛇吓走了所有的生灵，所以利比亚便变成了沙漠。

珀耳修斯和阿特拉斯

珀耳修斯飞呀飞，最后飞到了普罗米修斯的兄弟阿特拉斯管辖的国家。阿特拉斯不仅有成千上万的牛羊，而且还有一座豪华的花园，园中长着一棵金枝金叶的苹果树，结的苹果也是金的。阿特拉斯十分珍爱这棵树，特别是听到女神忒弥斯预言宙斯的儿子将会偷他的金苹果后，更是小心翼翼地日夜守护。

> 小心翼翼(yì yì)：形容谨慎不容疏忽。

珀耳修斯飞到这里，友好地对阿特拉斯说："我是宙斯的儿子，我杀死了女妖墨杜萨，让我在这里歇一歇。"

阿特拉斯立刻想起了女神的预言，粗暴地说："你快滚吧！什么宙斯的儿子，谎言帮不了你的忙。"

珀耳修斯怒火中烧，阿特拉斯不仅不招待他，反而出口伤人，他决定报复阿特拉斯。

珀耳修斯愤怒地说："好吧！阿特拉斯，请你接受我的礼物！"

说着，珀耳修斯将墨杜萨的头掏出，对准阿特拉斯，而自己则转过身去。只见阿特拉斯立刻变成了一座山，头发和胡须则变成了树木。从此，阿特拉斯山支撑着整个天宇及其上面的星座。

珀耳修斯拯救安德洛墨达

珀耳修斯经过长时间的飞行，来到了刻甫斯王国。他看见刻甫斯国王美丽的女儿安德洛墨达正被锁在海边的悬崖上。其原因是，王后自夸比任何美女都漂亮，得罪了海中神女，海神波塞冬派海怪劫掠了刻甫斯王国，除非将安德洛墨达让海怪撕食，否则这种惩罚没有尽头。珀耳修斯看到正在受难的安德洛墨达，一股爱意油然而生。他对国王说："我是宙斯的儿子，杀死女妖墨杜萨的英雄，如果你们肯把女儿嫁给我，我就能救她。"国王欣然同意。

这时，海怪逼近了。珀耳修斯果断地从空中飞向海怪，用手中的剑刺进海怪的脊背。海怪受了重伤，鲜血染红了海水。

海怪被杀死了，安德洛墨达得救了。

珀耳修斯的婚礼

珀耳修斯向父亲宙斯及雅典娜、赫耳墨斯敬献了丰厚的祭品。然后，刻甫斯王宫的婚宴开始了。鲜花、美酒、歌声、乐声，到处是欢腾的场面。就在这快乐的时刻，安德洛墨达的第一个未婚夫菲纽斯率着大队人马冲进王宫。他要和珀耳修斯决斗。国王刻甫斯大声喝道："菲纽斯！当你的未婚妻被锁在悬崖上时，你在哪里？当海怪扑来时，你又在哪里？现在你想从胜利者手中夺走奖品吗？"

菲纽斯无言以对，却将长枪投向了珀耳修斯。珀耳修斯一闪，长枪扎进了一把椅子。激烈的战斗开始了。珀耳修斯抽出宝剑，所向披靡。雅典娜也从奥林匹斯山赶来支援她的兄弟。可是菲纽斯带来的人实在太多了，珀耳修斯不得不使出"杀手锏"。他高声叫道："是你们逼迫我这么干的！谁是我的朋友，赶快转过身去！"

珀耳修斯从革囊中取出墨杜萨的头，高高举起。向他进攻的人群顷刻变成了一群石雕像。菲纽斯的石像则如同一个奴隶，跪在那里，眼神中充满恐惧。

所向披(pī)靡(mǐ)：披靡，草木随风倒伏的样子。比喻力量所到之处，一切障碍全被扫除。

预言的应验

珀耳修斯带着妻子安德洛墨达，回到了塞里福斯岛。他救出了母亲达那厄，并将虐待他母亲的国王波吕得克忒斯也变成了石头。最终他带着母亲和妻子回到出生地阿耳戈斯。他把头盔、有翼的鞋和神奇的革囊归还给各位神，将剑还给赫耳墨斯。把墨杜萨的头献给雅典娜，雅典娜把它固定在胸前闪闪发光的胸甲上。

珀耳修斯的外祖父逃脱不掉注定的命运。有一次，珀耳修斯在掷铁饼时，不幸正好打在了阿克里西俄斯的头上，将他砸死。预言应验了。珀耳修斯悲叹自己不由自主地杀死了外祖父，并将外祖父安葬。

虐(nüè)待：用残暴狠毒的手段待人。

潘多拉

> 潘多拉是众人赐予者的意思。潘多拉把盖子打开后，希望和灾祸随之而来。

当普罗米修斯把天火盗给凡人们，并把艺术、工艺和知识传授给他们以后，大地上人们的生活幸福得多了。但宙斯对普罗米修斯的行为极为愤怒，残酷地惩罚了他，并给大地上的人们降下了灾祸。他命令享有盛誉的神匠赫菲斯托斯用水和土搅拌成泥制作了一个美貌的姑娘，众神赋予了她生命。雅典娜·帕拉斯和美惠女神给姑娘穿上阳光般耀眼的华丽衣裳，并给她戴上黄金的项链。时序女神给她蓬松的卷发戴上春天香花编成的花冠。金发的爱情女神阿芙罗狄忒赋予了她无法形容的媚态。赫耳墨斯赠给她狡猾和机智的头脑，以及撒谎和谄媚的语言技巧。众神给她起名叫潘多拉，因为每一个神都给了她礼物。潘多拉要把灾难带到人间。

当把送给人们的这个灾祸准备好了之后，宙斯便让赫耳墨斯带着潘多拉到大地上来，去找普罗米修斯的兄弟埃庇米修斯。英明的普罗米修斯屡次警告其缺乏理智的兄弟，不要接受雷电之神宙斯的赠品。他生怕这类赠品会给人类带来灾难。然而，埃庇米修斯却没有听从聪明的哥哥的劝告。他为潘多拉的美貌所迷惑，便要娶她为妻。很快埃庇米修斯便发现，潘多拉给人类带来了多少灾难啊！

在埃庇米修斯的家中有一个很大的容器（一说是箱子），用一个很重的盖子密封着。谁也不知道里面装着什么，而且谁也不

盛誉：很高的声誉。

媚态：妩媚的姿态。

谄(chǎn)媚：有意讨人喜欢。

打算打开它,因为大家都知道这会有灾难的。好奇心强的潘多拉偷偷地打开了容器的盖子。于是,过去禁锢在里面的那些灾难,便飞向大地各处。只有希望还留在这个巨大容器的底部。盖子很快又被关上,希望便没有飞出埃庇米修斯的房子。因为雷电之神宙斯不愿让它飞出来。

禁锢(gù):束缚或强力限制。

以前,人类生活得很幸福,不知道什么是邪恶、沉重的劳动和致命的疾病。而现在,数不尽的灾难散播在人间,无论白天或黑夜,灾祸都不召自来,给人们带来各种痛苦和折磨。邪恶和疾病都是蹑手蹑脚、静悄悄地来的,因为宙斯剥夺了它们的声音,他是在无声息中制造它们的。

蹑(niè)手蹑脚:形容走路时脚步放得很轻。

欧罗巴

> 宙斯为美丽的欧罗巴所吸引,如何才能得到她呢?宙斯想出了一个办法,他把自己变成可爱的牡牛劫持了这位仙女。

富庶的腓尼基的西顿城王阿戈诺尔有三个儿子和一个美丽的如同女神一样的女儿。这个年轻的美人叫欧罗巴。有一次,阿戈诺尔的女儿做了一个梦,她梦见,亚细亚和与其隔海相望的那块大陆,变成两个女人的样子争斗着要占有她。生育和抚养欧罗巴的亚细亚被战胜了,她不得不把欧罗巴让给另一个女人。欧罗巴被梦吓醒了,她不明白这梦预兆着什么。阿戈诺尔的小女儿便开始虔诚地祈祷,乞求众神为她攘除灾祸。然后她穿上金丝织成的紫红色的衣服,同自己的女友们到海边鲜花盛开的草地上去游玩儿。在那里,西顿的姑娘边嬉戏边采花放进金花篮,她们采撷了香气扑鼻的雪白的水仙,各色的番红花、紫罗兰和百合花。阿戈诺尔的女儿在女友中美丽超群,好似美惠诸女神簇拥着的阿芙罗狄忒一样,她只采鲜红的玫瑰花放到自己的金花篮里。采完花,姑娘们跳起了欢快的轮舞。她们年轻的欢笑声传遍了鲜花似锦的草地和蔚蓝透明的海面,压过了柔和的浪花拍击声。

美丽的欧罗巴享受这无忧无虑的生活并不长久。克罗诺斯的儿子、强大的行云之神宙斯看到了她,并且决定劫持她。为了不使他的出现吓坏了年轻的欧罗巴,他变成了一头非常可爱的牡牛。这头牡牛全身柔软的毛发像黄金一样闪闪发光,只是在前额有一个像月亮似的银白色的斑点,黄金的犄角是弯曲的,就像

预兆:预示将要发生的事。

攘(rǎng)除:排除。

采撷(xié):采摘。

牡牛:公牛。

在落日余晖中初次看到的新月一样。在草地上出现了奇异的牡牛，它轻轻地踩着青草走向姑娘们。它没有惊吓着西顿的姑娘们，她们围着这可爱的动物，轻轻地抚摸着它。牡牛走近欧罗芭身边，舐她的手和她亲热。牡牛的呼吸散发出圣餐的香味，周围的空气都是这种香味。欧罗芭用自己温柔的手爱抚它的金色的毛，抱住它亲它。牡牛卧倒在美丽姑娘的脚下，似乎是要让她骑它。

舐(shi)：舔。

欧罗芭边笑边跨上了牡牛的宽阔的牛背。其他姑娘们也想同她一起骑上。牡牛突然站起，飞速地奔向大海。它劫持了它要的那个姑娘。西顿的姑娘们吓得大叫了起来。欧罗芭向她们伸着手，叫她们来救自己。但是，西顿的姑娘们没法帮她。金角的牡牛风一般地飞跑。牡牛跳进了大海，像海豚一样快地在浅蓝色的水中游泳。<u>海浪为他让路，水沫像珍珠一样从它的毛上滚下，却不溅湿它的毛发。</u>美丽的海洋女神涅瑞德斯从深海里浮出，她们成群地围着牡牛，跟着它一同游泳。海王波塞冬在众海神的簇拥下，坐着马车在前面开路，用三叉戟制止海浪，为自己的伟大的兄长铺平海路。欧罗芭心惊胆战地坐在牛背上。<u>她一只手抓住牛的金角，另一只手提着她的紫红色连衣裙的下摆，不让海浪溅湿它。这是她多余的担心，大海温和地呼啸着，咸海水的泡沫溅不到她。</u>海风吹拂着欧罗芭的卷发，使她的轻软的披肩飘扬。陆地越来越远了，就要消失在远方的蔚蓝色之中。周围只有大海和蓝色的天空。很快，克里特的海岸在远方出现了。牡牛——宙斯负载着他的宝贝迅速地游到岸边，上了岸。欧罗芭便成了宙斯的妻子，从此她就住在克里特。她同宙斯生了三个儿子：弥诺斯、拉达曼提斯和萨尔佩冬。雷电之神的这三个强大而富有智慧的儿子，在全世界享有盛誉。

比喻句。

美丽的欧罗芭在海洋中找到自信。

代达洛斯和伊卡罗斯

代达洛斯和伊卡罗斯的神话说明：人类在远古时期就开始想掌握飞行的方法。神话中的艺术家代达洛斯的最伟大的成就，不是他的雕像和他修建的宫室，而是他制作的飞翼。关于代达洛斯的神话产生于雅典，雅典又是古希腊贸易、工业、艺术和科学的最重要的中心。

埃瑞克修斯的后代代达洛斯是雅典最伟大的艺术家、雕刻家和建筑家。人们传说，他用纯白色大理石雕刻出的神奇雕像就像活的一样，代达洛斯的雕像似乎在看人，似乎在动。代达洛斯为了工作创造了许多工具：他发明了斧头和钻子。代达洛斯声名远扬。

这个伟大的艺术家有一个外甥塔洛斯，是他姐姐佩尔狄克斯的儿子。塔洛斯是代达洛斯的徒弟。他早在少年时期，就以其天才和创造性使大家惊奇。可以预见到，塔洛斯将要远远超过自己的老师。代达洛斯忌妒塔洛斯，并且决定要杀了他。有一次，代达洛斯和外甥站在很高的雅典卫城的岩石边缘上，周围没有任何人。代达洛斯看到只有他们两人，便把外甥从岩石上推了下去。艺术家相信，他的罪行不会受到惩罚。塔洛斯跌下岩石便摔死了。代达洛斯赶快从卫城下来，抱起了塔洛斯的尸体，准备秘密地去埋掉，但当他挖坟墓时被雅典人看到了。代达洛斯的罪行暴露了。雅典最高法院判他死刑。代达洛斯为了保命逃到克里特，投奔了有势力的宙斯和欧罗芭的儿子——弥诺斯国王。弥诺斯自愿地收留了希腊伟大的艺术家。代达洛斯为克里特王制作了许多神奇的艺术品。他为弥诺斯建造了著名的迷宫，它有错综复杂的通道，一旦走了进去就找不到出口。弥诺斯将王后帕西费所生的儿子、可怕的牛首人身的怪物弥诺托囚禁在迷宫里。

忌(jì)妒：对比自己好的人心怀怨恨。

错综复杂：形容头绪繁多，情况复杂。

囚禁(jìn)：把人关在监狱里。

代达洛斯在弥诺斯王那里住了很久。国王不愿让他离开克里特，一心想利用伟大艺术家的技术。弥诺斯对待代达洛斯就像对待俘虏一样，代达洛斯早就想逃离他。最后代达洛斯突然惊悟起来："我不能从陆地或海上逃脱弥诺斯，但从天空逃走的路不是敞开的吗！这不是我的一条路吗！弥诺斯握有一切权力，但他却不能遏制天空！"

代达洛斯于是开始了工作。他把羽毛用麻绳和蜡固定起来，用它们制成四只巨大的翅膀。在代达洛斯工作时，他的儿子伊卡罗斯在父亲旁边玩耍：有时捕捉被微风吹起的绒毛，有时将蜡在手中揉来揉去。小孩子蹦蹦跳跳地无忧无虑地玩儿，父亲的工作使他非常开心。最后，代达洛斯的工作完成了，翅膀已经做好。代达洛斯把翅膀绑在背上，两手套进固定在翅膀上的绳圈中，扇动了翅膀，便平稳地升到了空中。伊卡罗斯惊奇地看着像一只大鸟在空中翱翔的父亲。代达洛斯降到地上对儿子说：

无忧无虑：没有忧愁，形容十分快乐。

"你听着，伊卡罗斯，现在我们就要从克里特飞走。在飞的时候要谨慎小心。不要飞得离海太近，以免海浪的咸水溅到你的翅膀上；也不要飞得很高离太阳太近，热气可能熔化蜡翼使羽毛飞落。跟着我飞，不要离我很远。"

父子两人套上了蜡翼，轻轻地飞起。看到他们飞得离地很高的人，以为这是两位神在蔚蓝色的天空中疾驰。代达洛斯不时地回过头来看他的儿子飞得怎样。他们已经飞过了得洛斯岛、帕罗斯岛，飞得越来越远了。

疾速的飞行使伊卡罗斯得意忘形，他越来越大胆地扇动翅膀。伊卡罗斯忘记了父亲的嘱咐，他已经不跟着父亲飞了。他用力扇动翅膀，上升到很高的天空，靠近了光芒四射的太阳。炽热的阳光熔化了用蜡固定的蜡翼，羽毛飞落到空中，被风吹散。伊卡罗斯挥动双手，但手上已经没有翅膀了。他从骇人的高度飞快地坠落到海中，在海浪中溺死。

得意忘形：因高兴而忘乎所以，失去常态。

骇（hài）人：吓人。

代达洛斯回头四面一看，不见了儿子伊卡罗斯。他大声喊儿子：

"伊卡罗斯！伊卡罗斯！你在哪里？回答我！"

没有回答。代达洛斯看到海浪上漂浮着蜡翼上飞落的羽毛，他明白发生了什么事情。代达洛斯恼恨自己的手艺不高，恼恨他想从克里特由空中逃走的那一天！

伊卡罗斯的尸体在海上漂了很久，这个海便以死者的名字命名为伊卡里亚海。最后，海浪把他冲到海岛的岸上，赫拉克勒斯看见后将他埋葬了。

埋葬(máizàng)：掩埋尸体。

代达洛斯继续自己的飞行，最后，飞到了西西里岛。在那里，科卡洛斯王收留了他。弥诺斯得知艺术家躲藏的地方后，带了很多的军队前往西西里岛，要求科卡洛斯交出代达洛斯。

科卡洛斯的女儿不愿失去代达洛斯这样的艺术家。他们想好了一个计谋。她说服父亲去同意弥诺斯的要求，并以贵宾身份在宫中接待他。当弥诺斯洗澡时，科卡洛斯的女儿们把一锅沸水浇到他的头上，弥诺斯极其痛苦地死去了。代达洛斯在西西里岛住了很久。晚年是在雅典度过的，在那里他成了代达洛斯家族——雅典艺术家的著名家族的始祖。

始祖：有世系可考的最初的祖先。

忒
修
斯

　　忒修斯——雅典最伟大的英雄，他同赫拉克勒斯有许多相似之处。他是军事贵族的英雄，以后又是统治雅典的地主、奴隶主贵族的英雄。这些贵族把雅典的全部古代国家制度的建立归功于忒修斯。这个制度首先把居民分为三个阶级：高贵的贵族、耕种者的农民和创建者的工匠，并且只给了贵族以任官职的特权。饶有兴味的是这样一件事：据传说，在希腊人战胜波斯人的马拉松战役（公元前490年）中，许多雅典人似乎看到了戴着头盔、手执长矛与盾牌的忒修斯走在雅典人的战斗队列的前面。贵族利用了这些天方夜谭的故事。他们的代表基蒙从斯基罗斯岛将忒修斯的遗体运回雅典。

忒修斯的诞生和教养

　　潘狄翁的儿子埃勾斯同自己的兄弟们将窃夺了王位的亲戚、墨提翁的儿子们赶出阿提卡之后统治了雅典。埃勾斯幸福地执政了很久。他只有一件伤心的事：他没有孩子。最后，他到德尔菲·阿波罗的神谕所去问光明的太阳神，众神为什么不赐孩子给他。神谕给了他一个不明确的答案。他想了很久，力图猜出回答中隐含的意思，但没有猜出来。最后，埃勾斯决定到特罗伊西纳去请阿尔戈利斯的国王、智慧的皮特修斯为他解开阿波罗神谕之谜。皮特修斯立即猜出了回答的意思。他知道了，埃勾斯将要生一个儿子，这个儿子将是雅典最伟大的英雄。皮特修斯想让特罗伊西纳光荣地成为伟大英雄的祖国。因此，他便将自己的女儿埃特拉嫁与埃勾斯为妻。在埃特拉成为埃勾斯的妻子后，她生了一个儿子，但这是海神波塞冬的儿子，而不是埃勾斯的儿子。新生儿起名为忒修斯。忒修斯出生后不久，埃勾斯王就要离开特罗伊西纳回雅典去。埃勾斯在走时，将他的剑和鞋压在特罗伊西纳山里的岩石下，并对埃特拉说：

　　"当我的儿子长大有力量搬动这块岩石并能取出我的剑和鞋

隐含：暗含。

时，你让他带着剑和鞋到雅典来找我。我从我的剑和鞋上能认出他。"

忒修斯在十六岁以前，住在外祖父皮特修斯家里。以智慧过人闻名的皮特修斯很关心自己外孙的教养，看到外孙在各个方面都超过其同龄人，他非常高兴。但是，忒修斯已经年满十六岁了，这时候，无论在力量上、机智上和熟练掌握武器上，谁都不是他的对手。忒修斯长得很英俊：修长的身材，端庄的仪表和明亮而美丽的眼睛，深色蓬松的卷发垂到肩头，额前的卷发剪去了，因为他把它献给阿波罗，英雄的年轻而肌肉发达的身体说明他具有强大的力量。

忒修斯去雅典

埃特拉看到儿子在各个方面都十分出众，非常欣喜。有一天，她带着儿子来到山上的那块巨石旁，对儿子说："孩子，这块巨石下面存放着你父亲的剑和鞋，你若能搬动巨石，就带着这两件信物去雅典找你的父亲去吧。"

忒修斯不费什么力气就移开了巨石，他穿上鞋，佩上剑，告别母亲和外祖父，一个人踏上了前往雅典寻父的遥远征程。

这是一条充满艰辛的旅途。忒修斯刚离开出生地的国土，就遇上了锻冶之神赫菲斯托斯的儿子——巨人珀里斐忒斯。这个巨人同他父亲一样，也是个跛足，但他的双手十分有力，将过往的旅人统统用铁棒打死。可是忒修斯路过这里时，毫不费劲儿就战胜了跛足巨人，并缴获了他的铁棒，作为战利品。

再往前走，在伊斯特摩斯的松林，忒修斯遇上了强盗辛尼斯。辛尼斯杀害旅人的方法特别残酷：他先将两棵树扳弯曲，使树冠相连，然后把不幸的被俘者绑在两棵树的树梢，松开树后，两棵树用巨大的弹性将上面的人撕成两半。忒修斯制伏了辛尼斯后，即以其人之道，还治其人之身，强盗辛尼斯自食恶果。

战胜强盗辛尼斯后，忒修斯又将另一个强盗扔下山崖底的大海，还勒死了阻挡他前进的刻耳库翁，最后处死了"押人匪"，

教养：教育培养。

蓬（péng）松：形容草叶子、头发等松散开。

信物：作为凭证的物件。

缴（jiǎo）获：从战败的敌人或罪犯等那里取得（武器、凶器等）。

扳（bān）：使位置固定的东西改变方向或转动。

终于来到了雅典。

忒修斯在雅典

一路战无不胜的忒修斯，英姿勃发地走在了雅典的大街上。他径直来到埃勾斯的宫中，只说自己是个外乡人，前来寻求庇护。国王并未认出眼前的人就是自己的儿子，可是女巫师却知道了忒修斯的真实身份。女巫师说服国王，准备毒死这个青年。

女巫师在忒修斯面前放了一杯毒酒。忒修斯无意间拔出了自己的剑，埃勾斯一眼认出自己的故物，心中一惊；再看看年轻人的脚上，穿的正是自己当年留下的那双鞋。他立即打翻毒酒，与阔别多年的儿子拥抱在一起。

忒修斯的突然到来，使埃勾斯的侄子们大失所望，他们原来希望有朝一日会继承王位的。如今希望破灭了，他们铤而走险，准备武力袭击埃勾斯和忒修斯。英勇的忒修斯提前得知这一阴谋，果断地主动出击，化险为夷。

忒修斯在克里特岛

早在十八年前，雅典和克里特之间发生了一场战争，结果雅典人战败。战败的代价是，每九年必须给克里特送七个童男和七个童女，送去之后锁在巨大的迷宫之中，供克里特国王所生的牛首人身的怪物弥诺托食用。当忒修斯回到雅典时，第三轮进贡又该缴纳了。

年轻气盛的忒修斯决定随同这十四名童男女去克里特，他立志要终止这种屈辱的进贡。老国王埃勾斯死活不愿意唯一的儿子去冒这个风险，可是忒修斯决心已定，父亲也阻止不了他。最后，埃勾斯叮嘱他：如果战胜，就在回来的船上挂上白帆，如果战败，仍然挂上黑帆。

忒修斯的大船顺利抵达克里特岛。克里特国王弥诺斯的女儿阿里阿德涅为英俊的忒修斯吸引，立刻爱上了这位英雄。她在忒修斯与怪兽决战之前，偷偷地将父亲的利剑和一个线团交给忒修斯。忒修斯在迷宫的入口拴上线头，一边同十四个童男女往迷宫深处走，一边倒着线团，以便结束战斗后沿路返回。当怪物弥诺托看到忒修斯时，凶狠地扑向他，忒修斯每次都用利剑击退它的进攻。最后忒修斯抓住一个机会，压住怪物的一只角，将利剑刺入它的胸膛。十四个童男女得救了，他们在忒修斯的指引下，走出了这个由代达洛斯修建的迷宫。

忒修斯又吩咐手下的人做好开船的准备，并将克里特人的船只都凿开大洞。然后他带着阿里阿德涅飞快地离开了克里特岛。

归途中，忒修斯又不得不依照梦中神灵的指示，将阿里阿德涅送给酒神狄奥尼索斯做妻子。因为失去阿里阿德涅而十分悲伤的忒修斯，竟然忘记了与父王的约定，即胜利之后挂上白帆，他的船上仍旧是黑帆。埃勾斯眼看着儿子的船队进入视野，但他不希望看见的黑帆仍挂在船上。他以为儿子一定是战死了，绝望之余，他跳下高高的悬崖，落入大海之中。因为自己的疏忽而导致了父亲的死，忒修斯十分难过，他为父亲举行了隆重的葬礼，然后当上了雅典的国王。

忒修斯与阿马宗人

> 井井有条：整齐不乱，有条理。

忒修斯一方面将雅典治理得井井有条，一方面又常常离开雅典，去参加希腊英雄们的各种重大活动。他参加过卡吕冬的狩猎，参加过阿耳戈船英雄们寻找金羊毛的远征，参加过大英雄赫拉克勒斯征伐阿马宗人的战争。战败阿马宗人后，赫拉克勒斯将俘虏的女王送给忒修斯作为奖品，忒修斯将女王带回雅典，并与这位阿马宗人的女王成亲。

> 不偏不倚(yǐ)：形容十分准确。

阿马宗人为了报仇，成群结队来到雅典。他们的进攻，迫使雅典人躲进难以攻破的雅典卫城。决战之时，女王与丈夫忒修斯并肩战斗，攻击她原先的部下。一个阿马宗人的长枪不偏不倚地投向了女王，年轻的王后倒在了血泊之中。血腥的战斗由此而止。

忒修斯与珀里托俄斯

大英雄珀里托俄斯十分钦佩忒修斯的英勇善战和胆识超人,决定与忒修斯一决高下。为了向忒修斯挑战,他故意偷走了忒修斯的牛群。当忒修斯闻讯追来时,两位英雄相遇了。他们你看看我,我看看你,敬慕之情油然而生,同时扔掉武器,握手言和,成了肝胆相照的朋友。

不久,珀里托俄斯结婚,忒修斯应邀出席了婚礼。半人半兽的马人们也来祝贺。盛大的婚礼上,歌声笑声不绝于耳,人们沉浸在快乐与幸福之中。就在此时,喝醉了酒的马人欧律托斯跳起来,抱住新娘想抢走她。其他马人受此影响,也纷纷扑向宴会中的其他女人。忒修斯、珀里托俄斯和其他希腊英雄愤然而起,保护女人们。最后,各位英雄大显身手,终于打败了马人。

忒修斯的结局

珀里托俄斯的妻子受此惊吓,没过多久就去世了。丧偶的珀里托俄斯决定再婚。他找到好朋友忒修斯,俩人决定去抢美丽的海伦。当时海伦还是一个小姑娘,但她的美名已闻名全希腊。忒修斯和珀里托俄斯竟悄悄地将海伦掳掠到雅典城,斯巴达人拼命追赶,也未追上。然后忒修斯和珀里托俄斯抓阄,决定海伦归谁,结果忒修斯得到了海伦。忒修斯必须帮助珀里托俄斯再去劫掠妻子,这是他们事先的约定。

他们的下一个目标,是冥国主宰哈得斯的妻子佩耳塞福涅。他们来到地下王国,明确提出要求。愤怒无比的哈得斯强压怒火,将他俩引到冥国入口处一把岩石凿成的座位上。他们刚坐上去就再也不能动弹了。

在忒修斯留在冥国期间,海伦的两个哥哥终于打听到妹妹的下落,并将妹妹救走。他们不仅摧毁了雅典城堡,而且还以牙还牙地掳走了忒修斯的母亲。

掳掠(lüè):抢劫人或财物。

抓阄(jiū):从预先做好记号的纸卷或纸团中每人取一个,以决定谁该得什么东西或谁该做什么事。

由于大英雄赫拉克勒斯的帮助，忒修斯最终又回到了有阳光的世界。但是城被毁了，母亲被抢走了，妻子落入仇敌之手，政权也失去了。忒修斯心灰意冷，本想到自己的领地生活，却被想霸占他的领地的人推下悬崖，葬身大海。雅典最伟大的英雄就这样死于阴谋。

库帕里索斯

> 希腊人有个风俗，在死人的家门口悬挂柏树枝，你知道这是为什么吗？

在克奥斯岛的卡尔菲山谷里，有一头献给仙女们的鹿。这头鹿非常漂亮。它的分叉的犄角是金色的，脖子上挂着珍珠项链，两个耳朵上垂吊着贵重的装饰品。这头鹿根本不怕人。它来到居民的家中，谁愿抚摩它，它就自愿地将脖子伸给谁。所有的居民都喜欢这头鹿，而克奥斯国王的小儿子，射神阿波罗的宠儿库帕里索斯比谁都喜爱它。库帕里索斯带着它到肥沃的草地上去吃草，到潺潺流水的小溪旁饮水；他给鹿的茁壮的犄角上挂上香花编成的花环；有时，年轻的库帕里索斯一面笑，一面蹦蹦跳跳地同鹿一起玩儿，骑到鹿背上在鲜花盛开的卡尔菲山谷里驰骋。

一个炎热的夏季中午，骄阳似火，空气炎热灼人。鹿为了躲避中午的酷热藏卧在树丛阴凉处。库帕里索斯偶尔到鹿卧的地方来打猎。他不知道是他的宠鹿藏在树丛中，便向它掷去锐利的长矛将它刺死。当年轻的库帕里索斯看到他杀死了自己的宠鹿时，惊恐万状。在悲伤中，他想和它一同死去。阿波罗劝他都没用。库帕里索斯的悲哀是无法安慰的，他祈求银弓之神让他永远地处于悲哀之中。阿波罗答应了他。库帕里索斯变成了一棵树。他的卷发变成了深绿色的针叶，身体覆盖上了树皮。一棵挺拔的柏树立在阿波罗的面前。阿波罗忧伤地叹了一口气说道：

潺潺(chánchán)：拟声词，水流的声音。

"美好的年轻人,我将永远为你而悲伤,而你也将为别人的悲伤而悲伤。你永远和悲伤者在一起吧!"

从此时起,希腊人在死了人的家门口悬挂柏树枝,用柏树的针叶、树枝装饰火葬的柴堆,并在坟墓前种植柏树。

> 柏树前的肃穆让人敬畏。中国的丧葬礼俗中也经常出现柏树的身影。

> 本篇是希腊神话中最有名的一篇,也是篇幅最长的一篇。所有的英雄会聚一起,用十年的时间攻陷一座城池,而导致这场旷日持久战争的却是一个女人——绝代佳人海伦。在中国的传统看法中,可用"女人是祸水"来注释这一过程;而在西方,为了一个女人而争斗十年之久,并不被认为是不值的。这大概就是中西方价值观念的差别。

特洛伊的传说

特洛伊的来历

在美丽的爱琴海上,分布着无数个岛屿。风景优美的萨摩特拉克岛就是其中之一。

有一天,漂亮的海洋女神正在这个岛上梳洗打扮,被路过的天神宙斯发现了。他俩很快相爱,并生下了两个儿子:伊阿西翁和达耳达诺斯。宙斯于是将萨摩特拉克岛赐予两个儿子作领地。

大儿子伊阿西翁依仗自己是天神之子,无所畏惧,竟敢对奥林匹斯山上的女神动手动脚,农神得墨忒耳一气之下,将他的**不轨**行为上诉给宙斯。宙斯十分恼怒,竟用闪电将伊阿西翁活活劈死。小儿子达耳达诺斯不满意天神这种冷酷无情的做法,第二天即告别母亲,远走他乡。

> 不轨:不合规矩。

达耳达诺斯走啊走,最后来到了亚细亚大陆的密西埃海岸。这里的国王透克洛斯听说是天神之子驾到,不仅热情相待,而且将自己唯一的女儿也嫁给了达耳达诺斯,并封给他一块领地。达耳达诺斯死后,他的儿子厄里克托尼继承这块领地,厄里克托尼又依照儿子特洛斯的名字改这块领地为特洛阿斯,首都取名为特洛伊。

时光如梭。不知不觉中,特洛斯的儿子伊罗斯已接替逝去的父亲特洛斯，成为特洛伊人的新国王。有一次，邻国举行角力竞技，伊罗斯也参加了比赛，结果不费吹灰之力就拿了冠军。他得到的奖品是五十个童男、五十个童女和一头斑牛。邻国国王还告知他一则神谕：必须在斑牛躺下的地方，建立一座城堡。

伊罗斯跟着斑牛不停地走，来到特洛伊附近后，斑牛躺下休息，再也不肯起来。根据神谕，伊罗斯决定在此处建立城池。

光明之神阿波罗和海神波塞冬变化成能言善辩的兄弟俩，前去拜见国王伊罗斯，表示愿意帮助他建成城池，但完工之后要得到相应的报酬。伊罗斯满口应承下来。一年之后，特洛伊城全部竣工，可国王伊罗斯却矢口否认曾答应下的报酬，并辱骂两位神祇，最后竟将他们驱逐出境。

从这时起，刚刚建成的特洛伊城就不再为众神所庇护，特洛伊已面临着被毁灭的灾难。特洛伊人既感激国王建成新的城池，又仇视他的不讲信用。

绝代美人海伦

海伦是全希腊公认的绝代美人，她诞生于斯巴达王宫，是雷神宙斯和勒达的女儿。当她十三四岁时，美名已闻名遐迩，凡间女子无人可与她相比，连神女见了她也会嫉妒。阿提刻的伟大英雄忒修斯曾伙同朋友一道将海伦抢走，海伦的兄弟波吕丢刻斯和卡斯托耳又将她夺回。此后，海伦更是名声大噪，求婚者接二连三地来到王宫，都希望娶世上最美的女人为妻。这可难坏了国王，他不知该将海伦嫁给谁，因为无论哪位英雄成为幸运者娶海伦为妻，其他的人都会忌妒这个幸运者，而由此引发的战乱是不可避免的。

最后，足智多谋的英雄奥德修斯为国王出了个两全之策：让海伦自己决定嫁给谁，同时所有的求婚者都必须发誓，无论海伦嫁给谁，其他人都不许动武，而且在海伦夫妇遇到危险时要全力以赴。国王听从这一建议，所有的求婚者为了可能成为海伦的丈夫，都向神灵发了誓。最终海伦选准了英勇无比、长相俊美的墨涅拉奥斯。墨涅拉奥斯在国王去世后，继承了斯巴达的王位。墨涅拉奥斯虽然幸运地娶到了绝代美女海伦，但海伦给他带来的不仅仅是幸福和虚荣，而且还有众多的灾难。

金苹果之争

著名的英雄佩琉斯是聪明的埃阿科斯的儿子，而埃阿科斯则是宙斯和河神阿索波斯的女儿埃吉娜所生的儿子。英雄忒拉蒙是佩琉斯的兄弟，他是最伟大的英雄赫拉克勒斯的好友。佩琉斯和忒拉蒙由于忌妒杀死异母兄弟福科斯而逃离祖国。佩琉斯躲到富饶的弗提亚去了。在那里，英雄欧律提翁收留了他，将自己的三分之一的国土赠给了他，并将自己的女儿安提戈涅给他为妻。但是，佩琉斯在弗提亚的时间并不长。这是因为在卡吕冬的狩猎中，他无意中杀死了欧律提翁。由于对这件不幸事故的悲恸，佩琉斯又离开弗提亚来到伊奥尔科斯。倒霉的事情在伊奥尔科斯正等待着他。在伊奥尔科斯，阿卡斯托斯国王的妻子爱上了他，她怂恿佩琉斯抛弃对阿卡斯托斯的友情。佩琉斯拒绝了自己朋友妻子的要求，她为了报复他，便在自己丈夫面前诬告佩琉斯对她无礼。阿卡斯托斯偏信了妻子的话，便准备杀害佩琉斯。有一次，在佩利翁山的树木丛生的山坡上打猎时，当佩琉斯由于打猎疲劳而睡着时，阿卡斯托斯便将神送给佩琉斯的神奇的宝剑藏起来。因为，他用这把宝剑战斗时，谁也敌不过他。阿卡斯托斯深信，失去自己神奇剑的佩琉斯一定会被野蛮的马人撕裂。然而，聪明的马人基戎却来帮助了佩琉斯。他帮助佩琉斯找到了神奇的剑。野蛮的马人向佩琉斯发起了攻击，准备将他撕裂，但他用神奇的剑轻而易举地击退了他们。佩琉斯在必死无疑的情况下得救了。佩琉斯对背叛者阿卡斯托斯进行报复。他在狄奥斯库罗伊、卡斯托尔和波吕杜克斯的帮助下占领了伊奥尔科斯，并杀死了阿卡斯托斯和他的妻子。

当提坦巨神普罗米修斯揭示了一个伟大的秘密时，他说，如果宙斯和女神忒提斯结婚，那就将要生出一个比父亲更强大并把

悲恸（tòng）：非常悲哀。

倒霉（méi）：遇事不利。

轻而易举：形容事情做起来很容易，毫不费力。

他从王位上推翻的儿子,所以他劝告众神将忒提斯嫁给佩琉斯为妻,因为,这桩婚姻将会生出一个伟大的英雄。众神便决定这样办,但是却提出了一个条件:佩琉斯必须在决斗中战胜女神。

当赫菲斯托斯将众神的意志告诉佩琉斯以后,佩琉斯便到忒提斯从海底浮出经常休息的那个山洞去了。佩琉斯躲藏在山洞中等候。忒提斯从海底浮起,并走进了山洞。佩琉斯向她扑去,用有力的双手紧紧地抱住了她。忒提斯拼命想挣脱,她变成母狮、水蛇和海水,但佩琉斯没有放开她。忒提斯终于被战胜了,现在她应当成为佩琉斯的妻子。

在基戎的宽敞的山洞里,众神为佩琉斯和忒提斯举行了婚礼。结婚宴席非常丰盛。奥林匹斯山所有的神都参加了。<u>阿波罗的金基发拉琴声昂扬,在琴声伴奏下,众神歌唱着佩琉斯和忒提斯的儿子注定将要享有的伟大荣誉</u>。众神尽情地欢宴。时序女神荷莱伊和美惠女神卡里忒斯们在众神的歌声和阿波罗的琴声的伴奏下带头跳起了轮舞,在舞蹈者中女战神雅典娜和年轻的女神阿尔忒弥斯显得出众地庄严美丽,但是,永远年轻的女神阿芙罗狄忒的美艳还是超过了所有的女神。像思想一样敏捷的众神使者赫耳墨斯和暂时忘记血腥战斗的狂暴战神阿瑞斯都参加了轮舞。众神给新婚夫妇赠送了许多贵重礼物。基戎向佩琉斯赠送了自己的长矛,它是由生长在佩利翁山上的像铁一样坚硬的白蜡木做的;海神波塞冬送给他战马,而其余的众神送了奇异的盔甲。

众神都在尽情地欢乐。只有不和女神埃里斯没有参加婚宴。她在基戎的山洞外孤独地徘徊,由于没有邀请她参加宴会,她深深地怀恨在心。最后,女神埃里斯想好了要报复众神,要在他们之中挑起纠纷。于是她从遥远的赫斯佩里得斯果园中摘了一个金苹果,在这个苹果上写了一句话:"送给最美丽的女神"。埃里斯在不让别的神看见的情况下,偷偷地来到宴席上扔下了这个金苹果。众神拿起了这个苹果,并读出了上面写的字。但是,谁是女神中最美丽的呢?在宙斯的妻子赫拉、女战神雅典娜和爱与美女神阿芙罗狄忒三个女神之间立即发生了争执。她们每一位都想得

音乐使人忘记忧愁,忘记伤痛,忘记战争。

徘徊:在一个地方来回地走。

到这个金苹果，没有哪一位愿意让给别人。女神们去找众神和万民之王宙斯，要求他解决她们的争执。

宙斯拒绝充当裁判。他将苹果交给赫耳墨斯，让他带着女神们到特洛伊郊外的高高的伊达山山坡上去。在那里，特洛伊国王普里阿摩斯的英俊的儿子帕里斯应该判定苹果属于哪一位女神，这位女神便是女神中最美丽的。佩琉斯的婚宴便以女神们的争吵而告终。三位女神的这场争吵，也许会给人们带来无数的灾难。

帕里斯的裁决

赫耳墨斯和三位女神飞快地来到伊达山山坡去见帕里斯。帕里斯是普里阿摩斯的儿子，这时他正在放牧。帕里斯的母亲赫库芭在生他之前做了一个噩梦，梦见大火威胁着要消灭整个特洛伊。赫库芭非常害怕，她把自己做的梦告诉了丈夫。普里阿摩斯去找预言家，预言家对他说，赫库芭将要生一个儿子，这个儿子将是特洛伊毁灭的罪魁祸首。因此，当赫库芭生下儿子时，普里阿摩斯便让仆人阿戈拉奥斯将这个儿子抱到高高的伊达山中抛弃。但是，普里阿摩斯的儿子并没有死掉，母熊用奶喂养了他。一年以后，阿戈拉奥斯找到了他，像自己的儿子一样抚养了他，起名帕里斯。帕里斯在牧人中长大，并且长成了一个非常漂亮的小伙子。他在其同龄人中以力大而出众。在野兽和强盗的进攻下，他不仅保护了畜群，而且也保护了自己的伙伴，因此，他以力量大和勇敢而出名，人们便叫他是阿勒克珊德洛斯（意即惊人的男子汉）。帕里斯在伊达山的森林中安静地过着日子。他对自己的命运心满意足。

这不，女神同赫耳墨斯来到这个帕里斯的面前。帕里斯看到女神和赫耳墨斯后非常害怕。他想跑掉，<u>但是他能跑过像思想一样敏捷的赫耳墨斯吗？</u>赫耳墨斯让帕里斯别跑，把苹果递给他并且温和地对他说：

"帕里斯，拿上这个苹果，你看，在你的面前有三位女神。你把苹果给予其中最美丽的一位。宙斯让你充当女神们争执的裁

罪魁（kuí）祸首：作恶的首要分子。

反问句。

判人。"

帕里斯非常局促不安。他看着女神们，但不能决定谁是她们中最美丽的。这时，每一位女神都想说服小伙子将苹果给她。她们都答应给帕里斯贵重的奖品。赫拉许诺他当全亚洲的王，雅典娜答应他建立显赫的军功，而阿芙罗狄忒则答应他能得到凡人女子中最美丽的海伦做妻子。听到阿芙罗狄忒的许诺后，帕里斯稍加思索便将苹果给了她。从此，帕里斯便成了阿芙罗狄忒的宠儿，在帕里斯所采取的一切行动中，她都全力帮助他。而赫拉和雅典娜便开始痛恨帕里斯，她们也敌视特洛伊和所有的特洛伊人，并且决心毁灭特洛伊城和全城的人民。

显赫（hè）：（权势、名声等）盛大。

帕里斯回到特洛伊

帕里斯同女神们会面以后，不久便离开了伊达山的森林。普里阿摩斯看到自己的妻子赫库芭因失去儿子而不停地哭泣和悲伤，所以，他为了纪念已故的（他这样想）儿子便举行了一场盛大的竞技会。普里阿摩斯国王牛群中最好的公牛被指定为优胜者的奖赏。这头牛正好是在帕里斯放牧的那个牛群中。帕里斯舍不得同这头他最喜爱的公牛分离，所以他亲自将它牵进城。在特洛伊，帕里斯看见了英雄们竞技的盛况。在他的心中燃起了去争胜的热望。他参加了竞技，并且战胜了所有的人，甚至力量很大的赫克托尔也被他战胜了。

普里阿摩斯的儿子们大为光火，他们竟然被一个放牧人战胜了。普里阿摩斯的儿子得伊福玻斯盛怒之下拔剑想杀死帕里斯。由于恐惧，帕里斯跑到宙斯的祭坛上去寻找庇护。在祭坛上，普里阿摩斯的未卜先知的女儿卡桑德拉看到了他。她立刻认出了这个放牧者是谁。普里阿摩斯和赫库芭由于找到了丢失的儿子非常高兴，便非常隆重地将他引进宫中。尽管卡桑德拉预先警告普里阿摩斯，提醒他帕里斯注定的命运是特洛伊城毁灭的起因，普里阿摩斯却听不进去。谁都不听信未卜先知的卡桑德拉的话。其实，这是阿波罗给卡桑德拉注定的悲惨命运：尽管她预言的一切

预言：预先说出的关于将来要发生什么事情的话。

都变成了现实，但是当时谁也不相信她的预言。

帕里斯拐骗走海伦

帕里斯回到他父亲普里阿摩斯的家中以后很多天过去了。在他生活中发生的这个变化，似乎使他忘记了阿芙罗狄忒为金苹果而许给他的赠品。现在他成了王子，而不是默默无闻的一个普通的放牧人。但是，阿芙罗狄忒向他提起了美丽的海伦，并帮助其宠儿建造了富丽堂皇的大船，帕里斯准备航行到海伦居住的斯巴达去。普里阿摩斯的未卜先知的儿子赫勒诺斯对他的警告，他置若罔闻。他预言，帕里斯要毁灭自己。但是，帕里斯什么都不愿听。他登上了船，在无边无际的辽阔的大海上远航。当卡桑德拉看到帕里斯的快船离开祖国海岸而去的时候，她陷入了绝望。未卜先知的卡桑德拉双手伸向天空高声喊道：

"啊，灾难啊，伟大的特洛伊城和我们大家的灾难啊！我看到：大火吞噬着神圣的伊里翁，鲜血流遍大地，到处躺着它的儿子们的尸体啊！我看到：外乡人正把特洛伊的女人们和姑娘们赶去做奴隶啊！"

卡桑德拉这样哭喊着，但是谁也不去理会她的预言。谁也不去阻止帕里斯。

而他在海上航行得越来越远。海上掀起了骇人的暴风雨。这也未能阻止住帕里斯。他经过了富饶的弗提亚、萨拉弥斯和迈锡尼，这些地方都居住着他的未来的敌人，最后，他到了拉科尼亚的海岸。帕里斯把船停泊在埃夫罗特河口，同他的朋友埃涅阿斯上了岸。他同埃涅阿斯作为不怀任何恶意的客人去见国王。

墨涅拉奥斯热情地接待了客人。为了表示对客人的尊敬，他举行了丰盛的宴会。在这个宴会上，帕里斯第一次看见了美丽的海伦。他非常兴奋地看着她，贪婪地欣赏她的超凡的美丽。

海伦也为帕里斯的英俊所迷住，他穿着自己的华贵的东方服装显得更加漂亮。过了几天，墨涅拉奥斯有事必须到克里特去。临行前，他嘱咐海伦多多关心客人，不要有丝毫失礼之

置若罔(wǎng)闻：罔，没有。放在一边，好像没有听到。指不加理睬。

吞噬(shì)：吞食。

贪婪：贪得无厌（含贬义）。

处。墨涅拉奥斯根本没有怀疑，这些客人将会给他带来多大的耻辱。

> 往往不幸都在身边悄然地发生。

当墨涅拉奥斯走了之后，帕里斯立即决定利用他外出的期间行事。在阿芙罗狄忒帮助之下，帕里斯用甜言蜜语劝说海伦离开她丈夫的家，跟他逃到特洛伊去。海伦答应了帕里斯的请求。帕里斯秘密地将美丽的海伦带到自己的船上：他拐骗了墨涅拉奥斯的妻子，并同海伦一起还劫走了墨涅拉奥斯的财宝。海伦为了对帕里斯的爱情忘记了一切：自己的丈夫、亲爱的斯巴达和自己的女儿赫尔弥奥涅。

帕里斯的船带着劫获的许多财宝离开了埃夫罗特河口。船在海浪上迅速地驶回特洛伊海岸。帕里斯兴高采烈，人世间最美丽的女人海伦同他在一起了。当船离岸很远进入开阔的大海时，强大的海神涅柔斯突然将船停住。海神从海草中浮出，向他们预言，帕里斯和整个特洛伊都要毁灭。帕里斯和海伦都非常不安。然而，阿芙罗狄忒却安慰他们，并使他们忘掉这个可怕的预言。被阿芙罗狄忒保佑的船在平静的海上航行了三天，平安无事地来到特洛伊的海岸边。

> 兴高采烈：兴致高，情绪热烈。

战争前的准备

墨涅拉奥斯国王得知在自己外出期间，王后被拐走，气愤至极，他当即返回斯巴达，立刻去找兄弟阿伽门农，商议如何向帕里斯进行报复。阿伽门农提议召集原来那些发过誓的英雄，对特洛伊发动战争，将海伦抢回。墨涅拉奥斯同意了兄弟的建议。

不仅以前发过誓的英雄决定参战，那些渴望建功立业的英雄也纷纷赶来。他们有：阿耳戈斯国王狄俄墨得斯、克里特国王伊多墨纽斯、赫拉克勒斯的朋友菲罗克忒忒斯（赫拉克勒斯临死之前将自己的毒箭给了菲罗克忒忒斯，而预言家预测，没有这些毒箭将攻不下特洛伊）；忒拉蒙的儿子——萨拉弥斯国王埃阿斯；伊塔刻国王——聪明绝顶的奥德修斯等。

还有一位英雄必须参加，他注定会在特洛伊战争中建立永的功勋，那就是佩琉斯和忒提斯的儿子——阿喀琉斯。阿喀琉斯的母亲忒提斯为防儿子遭遇不测，将他藏在一个王宫的女眷中，让他穿上女子的服装。当奥德修斯和狄俄墨得斯找到阿喀琉斯说明来意后，阿喀琉斯欣然应诺参加远征。

各路英雄征召齐全后，所有军队汇集于奥里斯港，准备从这个港口出发，驶往特洛伊海岸。这支庞大的军队达十万之众，他们将乘坐一千余艘战船开赴战场。临出发前，他们的首领聚集在一棵树下，向诸神祭献，祈求一路顺风。突然，祭坛下爬出一条大蟒蛇，大蟒蛇飞快地爬上树梢，将鸟巢内的九只鸟全部吞下，而后蟒蛇变成了石头。预言家卡尔卡斯揭开了这个征兆的含义：那就是围攻特洛伊需用九年的时间，第十年才能攻下。

信心百倍的英雄们纷纷登上船只，驶离了奥里斯港。

九年围攻特洛伊

当各路英雄的船只历经海上的风浪，终于驶进特洛伊海岸时，他们发现国王普里阿摩斯的长子赫克托耳已率大军严阵以待。将士们一齐下船，冲向敌阵。一场血腥的战斗结束后，特洛伊人躲进易守难攻的特洛伊城。

希腊大军安葬了阵亡的将士，开始修造营寨。阿伽门农被选为联军统帅，他的营帐位于整个营寨的中央。次日，希腊人试图与特洛伊人讲和，让特洛伊人交出海伦，双方和好，但是帕里斯却不同意，和谈失败。

特洛伊人紧守易守难攻的特洛伊城，不出来应战，因为一旦出城，就面临着死亡。希腊人曾多次围住特洛伊进攻，但均未成功。最后他们决定先将特洛伊城的邻国一一荡清，迫使特洛伊成为一座孤城。

在围攻特洛伊的九年之中，双方各有损伤。特洛伊城内的居民受尽了战争的折磨，失去儿子的父母、失去丈夫的妻子以及失去父亲的儿子，没有一天不处在悲痛之中。希腊军队在九年的征战中也艰辛备至，许多将士牺牲了，包括帕拉墨得斯（不过他是被奥德修斯陷害死的）。

在这期间，特洛伊人虽然是被围攻的，但也曾取得过胜利，特别是赫克托耳，他英勇无比，曾将狄俄墨得斯追杀得狼狈逃命，将希腊人的统帅阿伽门农、奥德修斯赶到船上，赫克托耳一口气杀死九位王爷及无数的士兵。

众神出于各自的目的和动机，有的庇护希腊人，有的庇护特洛伊人，更使这场持久的战争增添了神秘性和不可预测性。有时候一方明明已取得优势，但说不定会有哪位神祇来帮个倒忙，结果优势变成了劣势。

> 庇（bì）护：袒护；保护。

阿喀琉斯和赫克托耳之争

阿喀琉斯的勇猛无比让特洛伊人吃尽了苦头，他的母亲忒提斯又央告锻冶之神赫菲斯托斯为儿子打造了一副坚硬的盾牌，一套精致的盔甲，一副护腿甲。有了这些装备，阿喀琉斯如虎添翼，什么也不怕。

> 如虎添翼：比喻强大的得到援助后更加强大。

阿喀琉斯在战场上将特洛伊人追杀得纷纷向城内逃命。这时，阿波罗开始捉弄这位英雄。阿波罗变化成一个逃跑的特洛伊人，引诱阿喀琉斯追赶。当阿喀琉斯发现上当后，大部分特洛伊人已逃回城中，只有赫克托耳站立在城门之下，等待着阿喀琉斯的到来。可当阿喀琉斯逼近时，赫克托耳却不由自主地跑起来，他前面跑，阿喀琉斯后面追，他们绕着城墙跑了三圈。女神雅典娜为了帮助阿喀琉斯，故意激将赫克托耳，让他勇敢地投入战斗。

赫克托耳投出一杆飞标，正好击中阿喀琉斯的盾牌，又弹落在地上。他又抽出宝剑，迎着阿喀琉斯冲上去。阿喀琉斯也在寻找赫克托耳身上的破绽。赫克托耳全身被盔甲护得严严实实，只有锁骨旁有一丝空隙，阿喀琉斯看得真切，一枪刺过去，正中赫克托耳的脖子，赫克托耳倒在地上。

> 破绽（zhàn）：衣服的裂口。比喻说话做事时露出的漏洞。

赫克托耳请求阿喀琉斯将自己的遗体送往特洛伊，阿喀琉斯绝情地拒绝了。阿喀琉斯将赫克托耳的尸体拖在马后，挥鞭策马，向自己的营地飞驰去。城墙上眺望的普里阿摩斯国王和王后目睹这悲惨的一幕，心已碎了。

阿波罗在奥林匹斯山上将这一切都看在眼中，他看到那么多特洛伊人被打死，心中十分生气。背上百发百中的神箭，阿波罗来到阿喀琉斯的身后，对他说："你该有所收敛了，别让一位神将你消灭掉。"阿喀琉斯已知道这是神灵的声音，但他丝毫不怕，他大声喊叫："如果你是神，就回到神的行列，否则，当心我的长矛！"

阿波罗钻进一朵乌云，搭上神箭，朝着阿喀琉斯的脚踵就是一箭。一阵刻骨铭心的疼痛，使阿喀琉斯跌倒在地。他强忍剧痛，将毒箭拔出，又从地上跳起来，挥舞着长矛冲向敌人。特洛伊人不知他正身负箭伤，吓得四处逃散。最后，阿喀琉斯倒在了其他死者的身旁。这位大英雄注定会有这一天的。

> 刻骨铭心：形容感受极深，牢记于心，不能忘怀。

帕里斯之死

次日，特洛伊人正在城外掩埋尸体，希腊人卷土重来。帕里斯杀死了特摩莱翁——墨涅拉奥斯的随从，而菲罗克忒忒斯也在特洛伊人群中奋力追杀。帕里斯大胆地向菲罗克忒忒斯射来一箭，不料却射中了旁边的克勒俄多斯。

菲罗克忒忒斯一手执弓，一手指着帕里斯，大骂道："你这个乱臣贼子，一切灾难的罪魁祸首，多少人因为你死于非命，是你偿还血债的时候了！"说完，一箭射去，正中帕里斯的腰部。这种箭是赫拉克勒斯临死前送给菲罗克忒忒斯的，浸有剧毒，没有任何解药。

痛苦中的帕里斯突然想起一则神谕，只有被他遗弃的妻子俄诺涅才能从苦难中拯救他。他怀着一线希望，让仆人将他抬往从前放牧时与妻子一起生活的地方。可是俄诺涅拒绝了他的请求："我是被你遗弃的人，对你已没什么用处，你何不去找青春美丽的海伦呢？别指望用眼泪换回我的同情。"

帕里斯在回去的路上咽下了最后一口气。

木马计

希腊人围攻特洛伊城，虽然大部分时间占上风，但得势不得利，就是攻不下城池。预言家对希腊人说："我昨天看到了这样的一幕情景：一只老鹰追一只鸽子，鸽子飞进岩石的缝隙中藏了起来。老鹰在岩石边左等右等，鸽子就是不出来。老鹰灵机一动，飞进了附近的灌木丛中。鸽子以为老鹰已走，便小心翼翼地从石缝中出来。这时老鹰箭一般地飞到，抓住了鸽子。你们应该学习老鹰，智取特洛伊城。"

大家面面相觑，一时解不开其中的奥秘。最后，聪明的奥德修斯想出了全盘计划："我们用木头制作一匹巨大的木马，里面隐藏将士。其余的人将营房彻底烧毁，驾船离开特洛伊海岸，前往忒涅多斯岛。在木马旁留下一个能言善辩的人，设法让特洛伊人相信，我们已返回故乡，而这匹木马是祥瑞之物，必须运进城内才对特洛伊人有好处。等到敌人都睡觉后，由这个人打开木马，放出里面的人，再用火炬通知我们的船队。这样内外夹攻，里应外合，特洛伊城可一举而下。"

大家一致赞成这个主意，于是分头行动，砍树的砍树，锯木头的锯木头，只用了三天时间，就造出一匹栩栩如生的大木马，远远看去，这匹木马随时都会扬蹄奔跑。

阿喀琉斯的儿子涅俄普托摩斯全副武装，第一个钻进黑洞洞的马腹内，接着是墨涅拉奥斯、狄俄墨得斯、斯忒涅罗斯、奥德修斯、菲罗克忒忒斯等，鱼贯而入。

勇敢而机灵的西农留在木马外面，负责策应城内城外。

其余的人在首领阿伽门农的带领下，烧掉营帐，起锚远航。

特洛伊人看到希腊人的船只都消失了，高兴地涌到海边。首先映入他们眼帘的，是一匹活灵活现的木马，以及木马下面战战兢兢的西农。

特洛伊人威胁西农，不说出这匹木马的来历，决不饶恕他。西农便开始编造谎言，说是希腊人得罪了雅典娜，只有返回故

面面相觑(qù)：相互对看，后来也指束手无策的样子。

栩(xǔ)栩如生：形容形象逼真，如同活的一样。

乡，才能幸免于难。临行前，他们听从预言家卡尔卡斯的建议，造了一匹木马，献给受了委屈的女神，期望能消除她的余怒。之所以造这样大的马，是担心特洛伊人拖进城内，那样女神就会庇护特洛伊人。

西农声情并茂的谎言，让特洛伊人信以为真。他们想得到神灵的庇护，于是决定将木马拖进城内。有的人拆城墙，有的人给木马的脚下装置轮盘，有的人将粗大的绳子套在木马的脖子上，木马慢慢地进了特洛伊城。

声情并茂：形容演唱或朗诵时音色优美，感情丰富。

特洛伊的毁灭

特洛伊人载歌载舞，尽情狂欢，庆贺长达十年的战争的结束。可是他们谁也未曾料到，毁灭的灾难才刚刚起步。

载歌载舞：又唱歌又跳舞，形容尽情欢乐。

夜半时分，西农悄悄地摸出城外，点燃火把，向远方的船队发出信号。然后又返回城内，来到木马下，轻轻地敲击马身。里面的英雄拉开门闩，放下梯子，陆续钻出。

各位英雄挥舞着大刀长矛，把守住主要路口，开始了可怕的屠杀，有人把火把扔到屋顶，城内顿时火海一片。

隐藏在忒涅多斯岛的希腊大队人马得到信号后，趁着顺风不一会儿即返回特洛伊海岸。他们潮水般地从城墙的缺口涌入（这个缺口是为了运木马而拆开的），不一会儿，整座特洛伊城就被占领了。城市顷刻间变成废墟，尸体布满街头巷尾。

阿喀琉斯的儿子涅俄普托摩斯视普里阿摩斯王族为仇敌，一连杀死三个王子，最后将普里阿摩斯国王也一剑斩为两段。

墨涅拉奥斯找到不忠诚的妻子海伦的房间，内心充满了矛盾。当他看到躲在角落里瑟瑟发抖的海伦时，所有的屈辱和愤怒一齐涌上心头，恨不得将她碎尸万段；可阿芙罗狄忒女神在此刻又将海伦打扮得妩媚动人，墨涅拉奥斯的心中又泛起昔日的柔情蜜意，他好像忘却了妻子的一切过失。正在他犹豫不决之时，门口传来了喊杀声。墨涅拉奥斯想到成千上万的将士为了这个女人而血染沙场，他为自己的犹豫而羞愧万分，他终于举起了宝剑。

海伦的内心也痛苦，她真的仅仅是"不忠诚"吗？

千钧一发：比喻情况万分危急。

　　正在这千钧一发的时刻，他的兄弟阿伽门农冲了进来，阿伽门农大声道："不许你杀死她！为了她我们受了多少苦难。在这件事上，帕里斯的过失要大于海伦，帕里斯及其家族、人民也受到了应有的惩罚。"

　　墨涅拉奥斯听从了兄弟的劝告，带着海伦回到了斯巴达。

赫拉克勒斯

> 赫拉克勒斯的一生,是奋斗的一生,抗争的一生。他凭自己的不服输精神完成种种艰险的任务,最终连欲置他于死地的赫拉也摒弃前嫌,与他和好。

赫拉克勒斯的成长

英雄安菲特律翁因为替迈锡尼的国王夺回了被别人抢去的牲畜,所以有幸娶到了国王漂亮的女儿阿尔克墨涅。但在婚宴上,因为牲畜而发生了争执,安菲特律翁打死了岳父——迈锡尼的国王,只得逃离迈锡尼。在跟着新婚丈夫逃奔之前,阿尔克墨涅要求安菲特律翁为自己被杀的兄弟复仇。在忒拜国王克瑞翁那里找到栖身之处后,安菲特律翁便率领军队为阿尔克墨涅的兄弟报仇去了。

栖(qī)身:居住或停留。

宙斯贪图阿尔克墨涅的美色,他变成安菲特律翁的模样来找阿尔克墨涅,使阿尔克墨涅怀上了双胞胎。

宙斯在他的儿子将要降生的这一天,对着众神说:"一位伟大的英雄将在今天诞生,他将统治他的所有亲人,即我儿子珀耳修斯的后裔。"

后裔(yì):已死去的人的子孙。

可是,赫拉由于痛恨宙斯的移情别恋,设法破坏宙斯的计划。她说:"伟大的雷神,你应该立下这样一个不可违背的神圣的誓言:珀耳修斯家族今天首先出生的婴儿将统治自己的所有亲属。"

司欺骗的女神控制了宙斯的理智,使他并未察觉到赫拉的阴谋,他照赫拉所说立下了誓言。

赫拉于是坐上金马车火速驰往阿耳戈斯。她促使珀耳修斯的儿媳提前生产。于是，病弱不堪的欧律斯透斯就在这一天第一个来到世上。按照宙斯的誓言，欧律斯透斯应该成为珀耳修斯后代的统治者。直到此时，宙斯才明白了赫拉的计谋。为了改善自己儿子的命运，他与赫拉又订下了补充协定：他的儿子不是终生受欧律斯透斯的统治，只要按欧律斯透斯的吩咐完成十二件伟大的功绩，就可摆脱欧律斯透斯的统治，而且还要获得永生。

在欧律斯透斯出生的这一天，阿尔克墨涅也生下了一对双胞胎。大儿子是宙斯伟大的儿子赫拉克勒斯（意思是受赫拉迫害而建立功绩者），小儿子是安菲特律翁的儿子伊菲克勒斯。

从赫拉克勒斯诞生之日起，赫拉就开始迫害他。她派出两条毒蛇去谋害刚出生的英雄。当毒蛇悄悄爬到婴儿的摇篮旁，刚想去缠住赫拉克勒斯时，小赫拉克勒斯突然醒了。他伸出一双小手，抓住毒蛇的脖子，当即将蛇捏死。当女仆们看到摇篮中的死蛇时，一个个惊慌失措。人们围着摇篮，看着这不敢相信的一幕。

> 惊慌失措(cuò)：形容十分慌张。

安菲特律翁认定赫拉克勒斯能力非凡，将要获得巨大的光荣，所以对他施以各种应有的教育，不仅在体力方面，而且在智力的培养上也颇下工夫。可是，赫拉克勒斯在读书、写字、唱歌、弹琴等方面的成绩远远不及摔跤、射箭、击剑和投掷长枪诸方面的成绩。

赫拉克勒斯在忒拜

赫拉克勒斯在青少年时期，就打死过一头凶猛的狮子，他将狮子皮做成斗篷披在肩上，用狮子的头皮做了头盔。他又连根拔起一棵木质坚硬如铁的大树，做了一根又长又粗的大棒随身携带。此外，神灵们还送给他必要的装备：赫耳墨斯送给他一把锋利无比的宝剑，阿波罗送给他精美的弓和箭，赫菲斯托斯为他打造了全套的金铠甲，雅典娜则亲自为他编织了衣服。

> 赫拉克勒斯借神灵的力量所向披靡。

成年之后，赫拉克勒斯帮助忒拜国王克瑞翁打败了敌国，使忒拜国不仅免除了向敌国的进贡，反而能向敌国征收贡品。为了酬谢赫拉克勒斯建立的这个巨大功勋，克瑞翁将女儿墨伽拉嫁给了他，婚后生有三个儿子。赫拉克勒斯在有七座城门的忒拜过着幸福的生活。

可是，赫拉并未放弃对他的仇视。赫拉让赫拉克勒斯得了严重的疾病，使他丧失理智，竟然杀死了自己的亲生儿子和弟弟。病愈之后的赫拉克勒斯十分悲伤，他前往得尔福神示所，向阿波罗请教。阿波罗借预言家之口告诉他，只要能为欧律斯透斯建立十二件大功绩，他就能获得永生。

赫拉克勒斯的十二件功绩

赫拉克勒斯必须听从国王欧律斯透斯的命令，为他建立十二件功绩。

第一件功绩是，为国王除掉涅墨亚城附近的一头狮子。这头狮子是一头大怪物，它出没于城市的四周，一切都被它毁坏，牧人、农夫离家出走，一切都笼罩在死亡的阴影之中。

赫拉克勒斯在森林中找寻狮子的下落，发现了狮子的洞穴。他用巨大的石头堵住洞口，等待狮子的回来。傍晚时分，巨大而可怕的狮子进入赫拉克勒斯的视野。他搭起了弓箭，连发三箭，可是箭碰到坚硬的狮皮后又弹了回来。狮子发现了向它进攻的人，向赫拉克勒斯扑来。赫拉克勒斯举起手中大棒，重重地击在狮头上，狮子昏倒在地上。赫拉克勒斯又冲上前，用双手掐住狮子的脖子，将它勒死了。当赫拉克勒斯扛着巨大的狮子向欧律斯透斯交差时，欧律斯透斯的脸都吓白了。

第二件功绩是，斩除勒耳那水蛇。这条水蛇是长有九个蛇首的怪物，它盘踞在勒耳那城附近的沼泽地，残害生灵，无恶不作，使得城郊一片荒凉。要斩除这条怪蛇绝非易事，因为它的九个头中有一个头是不死的。赫拉克勒斯找到水蛇躲藏的洞穴，将箭烧红，一支接一支地射向洞中。水蛇被激怒了，爬出洞穴，扑向赫拉克勒斯。可是伟大的英雄一脚踩住了蛇身，将它踏在地

笼罩（zhào）：像笼子似的罩在上面。

交差（chāi）：任务完成后把结果报告上级。

生灵：有生命的东西。

上。水蛇又用蛇尾缠住英雄的双脚,妄图把他卷倒。力大无比的英雄坚如磐石,巍然屹立,他挥舞大棒,将蛇头一个一个打落。可是蛇头刚被打掉,蛇身上就又新长出两个蛇头。他用火去烫打掉的蛇颈,结果再也长不出来了。最后那颗不死的头也被英雄打掉了。赫拉克勒斯将不死的蛇头深埋于地下,又用一块巨石镇压住它,以免它继续为害。接着,又将蛇身剖开,把箭头浸在有毒的胆汁中。从此,中了赫拉克勒斯的箭,无药可治。

第三件功绩是消灭斯廷法利斯湖的怪鸟。这群怪鸟将斯廷法利斯城糟蹋得一塌糊涂,它们不分人畜,统统袭击,锋利的铜爪钢嘴能将人畜撕成碎片。它们身上长的是铜羽毛,在高空中抖落的铜羽毛如利箭一样可怕。雅典娜女神送来锻冶之神赫菲斯托斯打造的铜钹,让赫拉克勒斯到怪鸟栖息的树林旁的高坡上敲击。震耳的钹声惊得怪鸟在树林上空盘旋,它们撒下的羽毛箭却落不在高坡上的赫拉克勒斯身上。赫拉克勒斯弯弓搭箭,向怪鸟射出一支又一支致命的箭。怪鸟死的死,跑的跑,再也不敢在此害人了。

第四件功绩是活捉赤牝鹿。欧律斯透斯知道这只赤牝鹿是女神阿耳忒弥斯派来惩罚人类的,赤牝鹿不停地毁坏农田。欧律斯透斯让赫拉克勒斯活捉赤牝鹿,而后送往迈锡尼。赤牝鹿金角铜腿,擅长飞奔,赫拉克勒斯从南到北,又从北到南,追逐了一年,仍未得到赤牝鹿。最后,只好用箭射中一条鹿腿,才将它抓住。阿耳忒弥斯虽然为此十分生气,但经赫拉克勒斯耐心解释,最终饶恕了赫拉克勒斯的罪过。伟大的英雄终于将活的赤牝鹿交给了欧律斯透斯。

第五件功绩是杀死厄律曼托斯山的野猪。这头野猪力大无比,经常将周围的一切毁坏殆尽,还用又长又尖的獠牙袭击人类。在寻找野猪的途中,赫拉克勒斯还曾与马人激战,结果误将自己的马人朋友喀戎用箭射死。找到野猪之后,赫拉克勒斯即开始追逐,致使野猪陷入深深的积雪之中,被赫拉克勒斯活捉。

第六件功绩是为太阳神赫里阿斯的儿子、厄利斯国王清扫牛

坚如磐(pán)石:坚硬得像大石头。

屹(yì)立:稳固地立着。

一塌(tā)糊涂:事情很糟很乱。

铜钹(bó):铜质乐器。

饶恕(shù):免予责罚。

圈。国王的牲畜数不胜数，他料定赫拉克勒斯在一天之内不可能将所有的牛圈都打扫干净，因此还大方地答应，如果赫拉克勒斯如约完成任务，他会拿牲口的十分之一作为酬劳。赫拉克勒斯拆掉牛圈两边的围墙，引来河水从牛圈中流过，河水将牛粪冲刷得干干净净后，赫拉克勒斯又将围墙垒好。当他向国王要求兑现承诺时，国王却后悔了。若干年后，当赫拉克勒斯的十二件功绩完成时，便带着庞大的军队入侵厄利斯，杀死国王，然后向奥林匹斯众神敬献了祭品，并创立了奥林匹克竞技会，此后希腊人每四年举行一次竞技会。

兑（duì）现：诺言的实现。

第七件功绩是到克里特岛，将一头公牛牵到迈锡尼。这头公牛是海神波塞冬送给欧罗巴的儿子、克里特国王的，国王本应将公牛作为祭品献给波塞冬，可他却用另一头牛换下了这头公牛。波塞冬十分怨恨，就让这头公牛发疯了。赫拉克勒斯到来后，才制伏了这头横冲直撞的疯牛，骑着它返回迈锡尼。

第八件功绩是去找比斯托涅斯国王的烈马。这位国王的烈马被铁链锁在马栏中，任何别的缰绳都拴不住它，国王用人肉喂养烈马，所有路过此地的外乡人都成了马的美食。赫拉克勒斯经过艰苦的战斗，终于打败国王率领的部队，将烈马拉到自己的船上，交给欧律斯透斯。

缰（jiāng）绳：牵牲口的绳子。

第九件功绩是远征阿马宗女人国，夺取该国女国王希波吕忒的腰带。赫拉克勒斯召集包括忒修斯在内的英雄，登上大船出发了。经过千里迢迢的跋涉，最终到达了阿马宗女人国。女王早已听说过大英雄的威名，率众出城迎接来客。要不是女神赫拉从中煽动阿马宗人的情绪，女王已将腰带交给英雄。经过激烈的战斗，赫拉克勒斯终于得到了腰带，但双方都有所牺牲。

跋（bá）涉（shè）：形容旅途艰苦。

第十件功绩是将巨人革吕翁的牛群赶回迈锡尼。这次的路途十分遥远，英雄必须走到大地西边的尽头，太阳神赫里阿斯降落的地方。经过长途跋涉，赫拉克勒斯来到了大洋河边。正在他发愁如何渡过这条大河之时，太阳神赫里阿斯坐着金船驰过来了。太阳神主动让这位大英雄搭他的船去目的地。到达革吕翁所住的海岛上后，可怕的双头狗狂叫着扑向英雄，结果被大棒打死。英雄又打死守护牛群的巨人，又将三个头、三个身躯、六条胳膊、六条腿的庞然大物革吕翁打败，才赶着牛群，乘坐太阳神的金船渡过大洋河。在往后的归途中，牛群不时走失，四处逃窜，赫拉克勒斯费了九牛二虎之力，才圆满完成任务。

第十一件功绩，是到冥国将恶狗克尔伯罗斯牵到人间。克尔伯罗斯有三个头，它的脖子上长着一条条毒蛇，尾部是一个张着血盆大口的龙首。赫拉克勒斯下到冥国，一路见到了可怕的场面，他来到哈得斯的宝座前，说明来意。哈得斯虽然同意将恶狗带走，但条件是不能用武器制伏。赫拉克勒斯找见恶狗后，紧紧地用双臂抱住它的脖子，恶狗用尾巴缠他，用毒龙的利牙咬他，然而根本无济于事。最后，被制伏的恶狗只得跟随赫拉克勒斯去到迈锡尼走一趟。

在冥国期间，由于赫拉克勒斯的求情，哈得斯将在此受难的忒修斯赦免并让忒修斯回到人间。

第十二件功绩，是找到肩扛天宇的提坦神阿特拉斯，从阿特拉斯女儿照看的果园中摘取三个金苹果。这棵金苹果树还是在宙斯和赫拉结婚之时，地神盖娅送给赫拉的礼物。要找到金苹果，首先得知道路途。赫拉克勒斯在老海神涅柔斯上岸之际，逼迫他告诉了路途，又在路途中战胜两个敌人，才来到双肩扛着天宇的阿特拉斯身边。他向阿特拉斯说明来意，阿特拉斯同意去取金苹果，但条件是在他离开之际，赫拉克勒斯必须替他扛着沉重的天宇。赫拉克勒斯只好答应了。他站在阿特拉斯的位置，腰被压弯了，汗水也湿透了衣衫。好不容易盼得阿特拉斯回来，谁知阿特拉斯将苹果往地上一放，对赫拉克勒斯说："苹果找来了，不如我给你送去，你就替我扛着吧。"赫拉克勒斯来了个将计就计，说："好吧。不过你看我这个吃力的样子，请让我去找块垫子垫在肩上再扛。"阿特拉斯不知是计，又站在了原先的位置。

只见赫拉克勒斯捡起金苹果，拿起弓和箭，对阿特拉斯说："还是你自己扛着吧，再见了！"

俗话说"世上没有白吃的午餐"，赫拉克勒斯为了金苹果也付出了艰辛和汗水。

将计就计：利用对方的计策，反过来向对方施展计策。

至此，赫拉克勒斯的全部十二件功绩都完成了。

赫拉克勒斯之死

完成欧律斯透斯交给他的十二件功绩之后，赫拉克勒斯仍未能摆脱赫拉对他的迫害。

他曾受到自己的弓箭老师欧律托斯的侮辱；他曾在失去理智的情形下，将好朋友伊菲托斯杀死；他曾和阿波罗展开残酷的搏斗；他曾卖身为奴三年以赎洗自己犯下的杀人罪行，在这三年之间，他受尽种种苦难折磨。但三年期限一满，他就率领船队，去攻克特洛伊城。他还协助众神对众多的巨灵展开大战，最终彻底战胜巨灵。

赎（shú）洗：弥补，洗脱。

赫拉克勒斯是在战胜了情敌河神之后，娶到妻子得伊阿尼拉的。有一次，在回家的途中，夫妻二人遭到马人涅索斯的袭击。赫拉克勒斯用带毒的箭射死了涅索斯，而涅索斯则为了复仇，在临死之前将自己的血收集起来送给得伊阿尼拉，告诉她："如果日后赫拉克勒斯对你变心，这血会使他回心转意，只要将这血涂在他的衣服上即可。"

此后，当得伊阿尼拉知晓赫拉克勒斯爱上了欧律托斯的女儿伊俄勒时，便依照马人的嘱咐，将那血涂在一件斗篷上，派人送给赫拉克勒斯。赫拉克勒斯一披上斗篷，立刻中毒。得伊阿尼拉得知这一真相后，自杀身亡。最后，赫拉克勒斯让儿子将他的身体放在篝火上。

天上雷声隆隆，雅典娜和赫耳墨斯乘坐金车来到篝火旁，迎接伟大的英雄到奥林匹斯山。赫拉也捐弃前嫌，将自己的女儿赫柏嫁给了赫拉克勒斯，赫拉克勒斯成了永生的神。这是对他伟大功绩的奖赏，也是对他所遭受的巨大苦难的补偿。

篝（gōu）火：在空旷处架木柴、树枝燃烧的火堆。

阿尔克墨翁

阿尔克墨翁杀死了母亲，受到复仇女神的追杀。由于他骗取了斐格奥斯的两件宝贝，最后又为前妻的两个哥哥所杀。

在远征忒拜回来后，阿尔克墨翁执行了他父亲的遗愿，为父亲的死亡向母亲报了仇。阿尔克墨翁亲手杀死了母亲。他母亲临死时诅咒了儿子和给他以栖身之地的那个国家。

复仇女神依理尼司对阿尔克墨翁非常气愤，于是无论他藏在何处，到处追逐他。不幸的阿尔克墨翁长期到处流浪，到处寻找安身之地和为他所犯严重罪行的净罪处所。最后，他来到了阿卡迪亚的普索费斯城。在那里，斐格奥斯王替他净了罪。阿尔克墨翁同斐格奥斯的女儿阿尔西诺结了婚，并想安定地住在普索费斯。但是，命运却没有如此为他安排。可怕的饥荒和瘟疫在普索费斯流行了起来。到处都是死人。阿尔克墨翁去德尔斐祈求神谕，预言家皮提亚告诉他，他应当离开普索费斯到河神阿克洛奥斯那里去。只有在那里才可为弑母的罪愆净罪，并在他母亲发出诅咒的当时还不存在的国家里得到安宁。阿尔克墨翁离开了斐格奥斯的家、自己的妻子阿尔西诺和儿子克吕提奥斯，前往阿克洛奥斯那里。顺路他到卡吕冬拜访了奥纽斯，受到了热情的招待。他也到了忒斯普罗托斯人那里，但他们由于怕神迁怒而将他赶出了国家。最后，阿尔克墨翁来到了阿克洛奥斯河口。河神阿克洛奥斯为其弑母的罪愆净了罪，并将自己的女儿卡莉罗嫁给他。阿尔克墨翁迁到阿克洛奥斯河入口处一个由泥沙积成的岛上居住。

罪愆（qiān）：罪过。

迁怒：把对一个人的怒气发到别一个身上。

这就是阿尔克墨翁的母亲诅咒他时尚没有出现的那个国家。

在这里，阿尔克墨翁也没有逃脱厄运。在卡莉罗知道了波吕涅克斯和他的儿子把一串贵重的项链和雅典娜·帕拉斯亲手织成的衣裳送给埃里费勒时，她便要求丈夫弄来这两件宝贝。但是，卡莉罗不知道，谁拥有这些宝贝就会给谁带来死亡。阿尔克墨翁去了普索费斯，要求斐格奥斯把项链和衣裳给他。阿尔克墨翁对斐格奥斯说，他想把这些宝物献给德尔斐神谕所，以获得射神的宽恕。斐格奥斯相信了他的话，便把宝物交给了他。但是，阿尔克墨翁的奴隶告诉了斐格奥斯，他要将项链和衣裳给谁。斐格奥斯非常气愤，他叫来了他的儿子普罗诺奥斯和阿戈诺尔，让他们在阿尔克墨翁回阿克洛奥斯河口时，设伏攻击他。他们执行了父亲的命令，杀死了阿尔克墨翁。

> 厄(è)运：困苦的遭遇。

阿尔克墨翁的仍然爱着他的前妻阿尔西诺听说自己的丈夫死了，在悲痛中诅咒了自己的两个哥哥。两兄弟把她带到阿卡迪亚的阿伽佩诺尔王那里，控告她杀死了阿尔克墨翁，并将她处死。

卡莉罗也知道了阿尔克墨翁的死讯。她决定向杀死她丈夫的斐格奥斯的两个儿子和他本人进行报仇。但是，谁能够来报仇呢？卡莉罗的儿子阿卡尔南和安福忒罗斯还是婴儿，躺在摇篮里呢。卡莉罗向宙斯祈祷，恳求让她的儿子立即变成力量大的壮年。宙斯允许了卡莉罗的祈求。她的两个儿子，一夜之间长大成人了。他们来到了泰格亚王阿伽佩诺尔那里，在那里杀死了斐格奥斯的两个儿子。然后到普索费斯杀死了斐格奥斯。过去，埃里费勒从波吕涅克斯和忒尔桑得尔那里得到的礼物，就这样给斐格奥斯及其全家带来了死亡。

> 祈(qí)祷：信仰宗教的人向神默告自己的愿望。

阿卡尔南和安福忒罗斯拿到了珍贵的项链和雅典娜纺织的衣裳，并在他们母亲的同意下把它们献给了德尔斐的阿波罗。阿卡尔南和安福忒罗斯没有继续待在祖国。他们迁移到以阿卡尔南命名的阿卡尔南尼亚，并在那里建立了新的王国。

俄狄浦斯的童年、少年

> 俄狄浦斯解开了女妖斯芬克斯的谜语，成为忒拜国国王。在他的领导下忒拜国一步步强大起来。

忒拜王、卡德摩斯的儿子波吕多罗斯和他的妻子尼克忒斯生了拉布达科斯，他便是忒拜政权的继承者。拉布达科斯的儿子和继承人是拉伊奥斯。有一次，拉伊奥斯到皮萨去，在佩洛普斯王那里做客，待了很长时间。拉伊奥斯对佩洛普斯王的殷勤招待却恩将仇报。他将佩洛普斯的小儿子克律西波斯劫持走，并带往忒拜。悲愤填膺的父亲诅咒了拉伊奥斯，希望神惩罚劫持他儿子的人，让他被亲生儿子杀死。克律西波斯的父亲的这个诅咒是会实现的。

拉伊奥斯回到有七座城门的忒拜后，同墨诺克奥斯的女儿约卡斯塔结了婚。拉伊奥斯平安地住在忒拜，只有一件事使他不安：他没有孩子。最后，拉伊奥斯决定去德尔斐乞求太阳神阿波罗谕示他没有子女的原因。阿波罗的女祭司皮提亚给了拉伊奥斯一个可怕的回答。她说：

"拉布达科斯的儿子，神会满足你的愿望，你会有儿子的，但是，你将要死在你儿子的手中。佩洛普斯的诅咒是要实现的！"

拉伊奥斯听了后极端恐惧。他长时间地思索，怎样才能避免无情的命运对他的安排；最后，他决定只要一生下儿子便把他杀死。

很快，拉伊奥斯真的生了一个儿子。残酷的父亲用皮带捆住新生儿的双脚，用锐利的铁器将他的脚掌刺穿，让奴隶把婴儿抛

填膺（yīng）：膺，胸。充满胸膛。

乞（qǐ）求：请求给予。

拉伊奥斯的行为该如何评价？

弃到基泰戎山坡上去喂野兽。但是，奴隶没有执行拉伊奥斯的命令。他可怜这个婴儿，并将这个小男孩给了科林斯王波吕波斯的一个奴隶。当时，这个奴隶正在基泰戎山坡上为其主人放牧。奴隶把这个小孩抱到波吕波斯王那里，国王由于没有儿女，就把孩子当做自己的继承人而加以抚养。因为孩子脚受伤肿胀，波吕波斯王给他起名为俄狄浦斯。

俄狄浦斯在波吕波斯及其妻子墨罗佩身边长大，他们将他当成自己的儿子，而俄狄浦斯也认为他们是自己的亲生父母。但是，当俄狄浦斯长大成人后，有一次在宴席上，他的一个朋友在喝醉后叫他是养子，这使俄狄浦斯万分震惊。他的心头蒙上了一团疑云。他到波吕波斯和墨罗佩那里，想说服他们揭开他出生的秘密。但是，他们都没有告诉他。这时候，俄狄浦斯决定到德尔斐去，在那里弄明白自己出身的秘密。

俄狄浦斯作为普通旅行者前往德尔斐。到了那里后，他祈求了神谕。光明的阿波罗神通过未卜先知的女预言家皮提亚的嘴告诉他：

"俄狄浦斯，你的命运是可怕的！你将要弑父娶母，由此婚姻而生下的孩子将被众神诅咒和万民仇视。"

弑(shī)：杀。

俄狄浦斯恐惧万分。他怎样才能免遭厄运？怎样才能避免弑父娶母呢？因为神谕没有说出他的父母是谁。俄狄浦斯决定不再回科林斯去。如果波吕波斯和墨罗佩是他的父母，难道他要成为杀死波吕波斯的凶手和墨罗佩的丈夫吗？俄狄浦斯决定要成为一个没有家族、种族和祖国的永久的流浪者。

但是，命运的安排难道能够逃避吗？俄狄浦斯不知道，他越是想方设法地避开命运的安排，他越是更加准确地沿着命运给他规定的道路走去。

无家可归的流浪者俄狄浦斯离开了德尔斐。他不知道他到哪里去，所以他选择了首先遇到的那条路。这是通向忒拜的道路。这条路在帕尔纳索斯山脚下分为三条路，在狭窄的山谷里，俄狄浦斯遇见了一辆四轮车，车上坐着一位须眉皆白、神态庄严的长者，驭者是传谕官，仆人们跟在车后面。传谕官粗暴地呵斥俄狄浦斯让路，并挥鞭打他。惹怒了的俄狄浦斯打了传谕官一下，便想从车旁走过去，车上坐的长者突然用手杖打了俄狄浦斯的头。

俄狄浦斯立即火冒三丈，在愤怒中用自己的手杖还击了一下，他用力如此之大，以致长者仰面倒地死去。俄狄浦斯扑向随从人员，将他们全都打死，只有一个奴隶得以逃脱。命运的安排就这样应验了：俄狄浦斯在不知情的情况下杀死了自己的父亲拉伊奥斯。长者就是拉伊奥斯，他是到德尔斐去询问阿波罗，怎样才能使忒拜摆脱嗜血成性的怪物斯芬克司。

俄狄浦斯安静地向前走去。他认为这次杀人自己无罪，因为他不是首先进攻，而是防卫自己。俄狄浦斯顺着他所选定的道路越走越远，最后来到了忒拜。

忒拜城笼罩着忧伤的气氛。卡德摩斯的城最近遭到了灾难。提丰和埃基德纳所生的可怕的女妖斯芬克司迁居到离忒拜不远的斯芬希翁山，它要求提供越来越多的牺牲品。俄狄浦斯看到公民们的苦难，决定解救他们于水火之中，他决定亲自到斯芬克司那里去。

斯芬克司是一个非常可怕的妖怪，它长着女人的头，庞大的狮子身躯和锐利的狮爪，还有巨大的双翼。众神决定，在没有人猜出斯芬克司的谜语之前，它一直要待在忒拜。这个谜语是缪斯告诉它的。斯芬克司强迫所有过路的人来猜这个谜语，但是谁也猜不出来。因而，所有的人都痛苦地死在斯芬克司的铁爪之下。许多英勇的忒拜人试图挽救忒拜免遭斯芬克司的戕害，但他们都牺牲了。

俄狄浦斯来到了斯芬克司的面前，同样要猜它的谜语：

"什么东西早晨用四条腿走路，中午用两条腿走路，晚上用三条腿走路？大地上的任何生物都不像他那样变化。当他用四条腿走路时，它比其他时候力量都要小，动作也要慢？"

俄狄浦斯一分钟都没有思索，立刻便答复它说：

"这是人！当他初生时，那是他生命的早晨，他软弱无力，

驭(yù)：驾驭。

火冒三丈：形容怒气特别大。

戕(qiāng)害：迫害。

用四肢缓慢地爬行；中午是他成年的时候，他用两条腿走路；晚上则是老年时期，他开始衰弱需要支撑的东西，便拿上了拐杖，就是三条腿走路了。"

俄狄浦斯就这样解了斯芬克司的谜语。斯芬克司扇动双翼从岩石上投入了海中。众神决定，如果有人解开了斯芬克司的谜语，它便应当去死。俄狄浦斯就这样从灾难中解救了忒拜。

俄狄浦斯回到忒拜，忒拜人便拥戴他为国王，因为代替被杀的拉伊奥斯统治的克瑞翁早有规定，谁把忒拜人从斯芬克司的迫害下解救出来，谁就应当成为忒拜的国王。登上忒拜王位的俄狄浦斯同拉伊奥斯的遗孀约卡斯塔结婚，同她生了两个女儿：安提戈涅和伊斯墨涅；两个儿子：埃忒奥克洛斯和波吕涅克斯。于是，命运的第二个安排也应验了：俄狄浦斯成了亲生母亲的丈夫，并且同她生了儿女。

遗孀（shuāng）：某人死后，他的妻子称为某人的遗孀。

俄狄浦斯在忒拜

> 被人民拥戴为国王的俄狄浦斯无法接受"弑父娶母"的事实。他用金钩挖掉双眼,绝望地离开了忒拜城。

被人民拥戴为国王的俄狄浦斯英明地治理了忒拜。忒拜和国王的家庭宁静地过了许久,没有遭到任何干扰。但是,俄狄浦斯命中注定要遭遇灾难的。巨大的灾难终于降临到忒拜。射神阿波罗给忒拜送来了可怕的疾病。这种病使老年人死亡,年轻人夭折。忒拜城变成了一座大坟墓。来不及埋葬的尸体在大街和广场上遍地皆是。到处都是惨叫声和呻吟声,到处是妻子和母亲的哭泣声。不仅是可怕的疾病在忒拜肆虐,而且城里还闹饥荒,因为田里寸草不生,可怕的瘟疫在畜群里流行。看来,伟大的卡德摩斯城的末日来临了。公民们向神献祭,祈求援救都无济于事。众神不接受祈祷,灾难越来越厉害。

市民们成群结队地来找自己的国王俄狄浦斯,请求他帮助和教导他们如何摆脱死亡的威胁。因为,俄狄浦斯曾经帮助过市民摆脱了斯芬克司的灾难。俄狄浦斯本人也为忒拜和自己的家族担忧,他已经派了约卡斯塔的兄弟克瑞翁去德尔斐询问阿波罗如何才可消灾除难。克瑞翁很快就能回来。俄狄浦斯急不可待地在等着他。

克瑞翁回来了,他带来了神谕。阿波罗让驱逐给忒拜招来灾难的那个人。市民们应将凶手放逐或处以死刑,以补偿拉伊奥斯所流的血。但是,怎样去寻找杀死拉伊奥斯的凶手呢?因为他是在路上被杀的,而且他的同行者都被杀死,只有一个奴隶逃脱。

肆虐(sìnüè):任意残杀或迫害。

无济于事:对于事情没有什么帮助。

俄狄浦斯决定，无论凶手是谁，无论他藏在什么地方，甚至在自己的王宫里，或者是他的近亲，他都要把他找出来。俄狄浦斯召集了全体人民来开会，让大家想办法如何找到凶手。人民指出，只有预言家提瑞西阿斯能够说出凶手是谁。盲预言家提瑞西阿斯被带了来。俄狄浦斯请他说出杀死拉伊奥斯的凶手。预言家能对他说什么呢？是的，他知道凶手是谁，但他不能说出他的名字。

　　提瑞西阿斯说："噢，放我回家吧，让我们两人共同负担命运加诸我们的重担吧。"

　　但是，俄狄浦斯坚决要求他答复。俄狄浦斯喊道：

　　"卑鄙的家伙，你不想回答！你的顽固甚至使石头都会发怒的。"

> 卑鄙(bǐ)：（语言行为）恶劣，不道德。

　　提瑞西阿斯坚持了很久，最后，他在俄狄浦斯的愤怒的言辞刺激下让步了，于是说：

　　"俄狄浦斯，你自己玷污了你统治的这个国家。你自己就是你要找的那个凶手！知道不知道，你同自己的母亲结了婚。"

> 玷(diàn)污：比喻辱没。

　　俄狄浦斯听了这话，对提瑞西阿斯大发雷霆。他把预言家叫作撒谎的人，威胁要处死他，并说，这是克瑞翁授意他说的，为的是要篡夺他的王位。提瑞西阿斯安静地、神志清醒地在听俄狄浦斯的愤怒的言辞，因为他动了真情。他知道，俄狄浦斯虽然有眼睛，但他却看不见自己的罪恶。俄狄浦斯看不到敌人在哪里，更看不到他自己就是自己的和自己家庭的敌人。提瑞西阿斯不怕任何威胁，他勇敢地对俄狄浦斯说，凶手在这里，就在他的面前。凶手虽然是以外乡人身份来到忒拜，但是，实际上他是真正的忒拜人。凶手将要遭到厄运；他将由明眼人变成瞎子，由富翁变成穷汉；他将被驱逐出忒拜，丧失掉一切。

> 大发雷霆(tíng)：大发脾气，高声训斥。

　　市民们万分惊讶地听取了提瑞西阿斯的话，他们知道他从不以谎言来玷污自己的预言。

　　俄狄浦斯怒火万丈地责怪克瑞翁，说是他调唆提瑞西阿斯这样说的。他谴责克瑞翁想篡夺对忒拜的统治权。约卡斯塔也来了，俄狄浦斯把提瑞西阿斯所说的话全告诉了她，而且责怪她兄

> 谴(qiǎn)责：责备、申斥。

弟的阴谋。他问约卡斯塔，拉伊奥斯是怎样被打死的和拉伊奥斯怎样把他唯一的儿子抛弃到基泰戎山坡的森林中去的。约卡斯塔把一切都告诉了他。俄狄浦斯的心中产生了最初的怀疑。某种可怕的不祥预感使他揪心。

俄狄浦斯惊叫道："噢，宙斯！你给我注定了什么命运啊！噢，难道眼明的不是我，而是盲人提瑞西阿斯啊！"

俄狄浦斯问到曾经挽救过自己的奴隶在哪里。得知这个奴隶在基泰戎山坡放牧，他立即派人去找。他想要知道全部的真实情况，不管它是多么可怕。

刚刚派出人去找那个奴隶，从科林斯来了信使。他带来了关于波吕波斯王病死的消息。这就是说，波吕波斯不是死于儿子之手。如果俄狄浦斯是波吕波斯的儿子，那么，命运的安排就不灵验。但也有可能，俄狄浦斯不是波吕波斯的儿子啊！俄狄浦斯希望他能逃过命运对他的安排，但是，信使粉碎了这个希望。他对俄狄浦斯说，波吕波斯不是他的父亲，是他亲自把小男孩交给科林斯王的，而小孩是拉伊奥斯王的放牧人给他的。

俄狄浦斯听了这话毛骨悚然，可怕的真情越来越清楚了。

牧人也来了。起初，他什么都不想说，他想掩饰这一切。但是，俄狄浦斯威胁他，如果他不说出真情，将要对他施加毒刑。

慑于惩罚，牧人承认了，是他曾把一个男孩交给了信使，这个男孩便是拉伊奥斯的儿子，他注定要杀死他父亲，牧人当时是怜悯这个不幸的弃儿。

无论俄狄浦斯怎样抱怨牧人没有让他在婴儿时就死掉，现在对俄狄浦斯来说，一切都清楚了。他从约卡斯塔关于拉伊奥斯之死的叙述中知道，杀死父亲的是他自己；而从牧人的话中，他清楚了他是拉伊奥斯和约卡斯塔的亲生儿子。无论俄狄浦斯如何竭力避免，命运的安排还是实现了。俄狄浦斯在绝望中走进了王宫。他是弑父的凶手，是自己生母的丈夫，他的孩子一方面是他的子女，一方面又是他的兄弟姊妹。

在王宫里，新的打击在等待着俄狄浦斯。约卡斯塔经受不住

揪(jiū)心：比喻放不下心，担心。

毛骨悚(sǒng)然：形容十分害怕。

慑(shè)：使……害怕。

当她的面揭露出的所有可怕事实，她在卧室里悬梁自尽了。俄狄浦斯由于痛苦至极而精神失常，他从约卡斯塔衣服上拿下金钩子，用它挖掉了自己的双眼。他再不愿看日光，不愿看孩子们，不愿看故乡的忒拜。现在对他来说一切都死亡了，在他的生活中再不能有快乐。俄狄浦斯乞求克瑞翁将他驱逐出忒拜，并要求他一件事——好好照顾他的孩子。

俄狄浦斯之死

在长期流浪和饱经折磨之后，俄狄浦斯在伟大女神的圣林中死去。凡人谁也不知道他是怎样死的，他的坟墓在哪儿。

克瑞翁没有将俄狄浦斯立即赶出忒拜。有一段时间，完全沉浸在痛苦中的俄狄浦斯躲开大家独居在王宫中。但是，忒拜人怕俄狄浦斯待在忒拜会招致众神迁怒于整个国家。他们要求立即驱逐瞎了眼的俄狄浦斯。俄狄浦斯的儿子埃忒奥克洛斯和波吕涅克斯也都不反对这个决定，他们自己想在忒拜执政。忒拜人驱逐了俄狄浦斯，而他的儿子却同克瑞翁分掌了政权。

眼瞎而又衰老的俄狄浦斯被驱逐到异国他乡。如果不是他的高尚而又意志坚强的女儿安提戈涅决定牺牲自己来照顾父亲，虚弱无力的俄狄浦斯必死无疑。她一直跟随着被驱逐的父亲。不幸的老人由安提戈涅领着由一个国家跋涉到另一个国家。安提戈涅小心谨慎地扶持着他翻过高山、穿过黑暗的树林，同他分担饥寒的痛苦和道路上的一切艰难险阻。

在长期流浪之后，俄狄浦斯最后来到了阿提卡，到了雅典城的附近。安提戈涅不知道把父亲带到了什么地方。不远处可以看到有城墙和被初升的太阳照亮了的城堡的塔楼。塔楼附近一片郁郁葱葱的桂树林，到处缠绕着常春藤和葡萄枝。在丛树林里，青绿的橄榄发着银白色的光；传来夜莺的甜美的歌声；溪流潺潺流过绿色的谷地，遍地是白色星状的水仙花和散发着幽香的黄色的番红花。在绿树林中，饱经磨难的俄狄浦斯坐在了桂树荫下的石

驱逐(zhú)：赶走。

谨(jǐn)慎：对外界事物或自己的言行密切注意，以免发生不利或不幸的事情。

头上，安提戈涅想去打听一下这是什么地方。有一个移民从这里经过，他告诉俄狄浦斯这是科洛诺斯，离雅典不远的一个小地方，俄狄浦斯坐的这个树林是献给复仇女神欧墨尼得斯的，而周围的整个地方则是献给波塞冬和提坦神普罗米修斯的，在树林中看到的那个城便是雅典，伟大的英雄忒修斯——埃勾斯的儿子在统治这个国家。俄狄浦斯听到这些后，请求这位移民找一个人去见国王忒修斯，告诉他，如果他能让俄狄浦斯暂时栖身在这里的话，他可以帮国王一个大忙。移民不相信，一个衰弱的瞎老人竟能帮助强有力的雅典国王。这个移民满怀狐疑地去了科洛诺斯，以便将坐在欧墨尼得斯圣林中的瞎老头说的话告诉大家。

狐疑：怀疑。

当俄狄浦斯得知他是在欧墨尼得斯圣林中时，他明白了，他的末日不远了，他的一切苦难要到尽头了。阿波罗早就对他预言过，在长期流浪和饱经折磨之后，他会在伟大女神的圣林中死去，给他以栖身之地的人会得到重奖，不收留他并且要赶他走的人，将会受到女神的残酷惩罚。俄狄浦斯现在才明白了，这个伟大的女神便是欧墨尼得斯，她铁面无情地迫害了他一生。俄狄浦斯相信，现在他安息的时刻到了。

残酷（cánkù）：凶狠冷酷。

科洛诺斯的市民们急忙来到欧墨尼得斯圣林，来探听是谁要进入圣林，而他们自己甚至不敢叫可怕女神的名字，不敢正眼看她的圣地。俄狄浦斯听到前来的科洛诺斯人的声音，想让安提戈涅把他带进圣林深处去，但当科洛诺斯人开始叫他是圣林的亵渎者时，他走了出来，回答了他们的问题，说出了自己的名字。他们都吓坏了。<u>他们面前的原来是俄狄浦斯啊！在希腊，谁不知道他的可怕的命运，谁不知道拉伊奥斯的不幸的儿子非本意地犯下的那些罪行啊！不，科洛诺斯人不能允许俄狄浦斯留在这里，他们怕激怒神。</u>他们既不听俄狄浦斯的乞求，也不听安提戈涅的请求，而要求眼瞎的老人立刻离开科洛诺斯的近郊。难道俄狄浦斯在雅典，在全希腊誉为神圣的城市的雅典，在给一切乞求保护者以保护的雅典都找不到栖身之地吗？要知道，他来这里不是自愿的，而他的到来将要给市民们带来好处。最后，俄狄浦斯要求市

俄狄浦斯的传说使雅典城更具神秘色彩。

民们，至少让他等到忒修斯的到来。让国王忒修斯决定，俄狄浦斯能不能留在这里。

市民们同意等忒修斯到来。在这个时候，远处出现了一辆四轮马车，上面坐着一个女人，头上戴着一顶遮着她面孔的宽边的忒萨利亚帽子。安提戈涅仔细地看了一下，她觉得这个女人好像是她的妹妹伊斯墨涅。马车越走越近了，安提戈涅看清楚了，的确是伊斯墨涅。

安提戈涅说："父亲，我看到了，你的女儿伊斯墨涅来了，你现在可以听到她的声音了。"

伊斯墨涅的马车驶近俄狄浦斯的身边，她跳下马车，投进了父亲的怀抱。

伊斯墨涅激动地喊道："父亲，我的不幸的父亲！我终于又拥抱你和安提戈涅了。"

伊斯墨涅的到来使俄狄浦斯非常高兴，现在他的两个女儿同他在一起：一个是他的忠实的同行者和助手安提戈涅；另一个是从未忘记父亲，经常给他送来忒拜消息的伊斯墨涅。

伊斯墨涅寻找俄狄浦斯是要告诉他一个最悲惨的消息：俄狄浦斯的两个儿子起初是共同治理忒拜的，但是小儿子埃忒奥克勒斯一人独霸了政权，并将其哥哥波吕涅克斯赶出了忒拜。波吕涅克斯去了阿尔戈斯，在那里得到了援助。现在他带着军队来攻打忒拜，为的是或者夺取政权，或者在战斗中死去。伊斯墨涅还说，德尔斐的神谕说，俄狄浦斯站在哪一边哪一边便获得胜利。伊斯墨涅相信，同埃忒奥克勒斯共同掌权的克瑞翁很快便会到这里来，以便用武力控制俄狄浦斯。俄狄浦斯不愿支持任何一个儿子，因为他们把政权看得比父亲更重要。在他被驱逐出忒拜时，他们竟然连一句反对的话都没有说。不行，他们不能在父亲的帮助下取得忒拜的政权。俄狄浦斯要留在这里，他要成为雅典的保护者！

科洛诺斯的市民们建议俄狄浦斯，如果他决定永久留在雅典，那么他必须对欧墨尼得斯女神举行祈求慈悲的献祭。俄狄浦斯请求谁来帮他举行这一献祭仪式，因为他自己既虚弱又看不见，无法行此大礼。伊斯墨涅自告奋勇地去进行献祭，她进入欧墨尼得斯女神的圣林。

伊斯墨涅刚走，忒修斯带着随从来到了欧墨尼得斯圣林。他热情地欢迎俄狄浦斯，并且答应保护他。忒修斯知道这个外乡人的命运多苦，知道他遭受了许多苦难。他自己在异国他乡经历过艰难的生活，因此，他不能拒绝保护不幸的流浪者俄狄浦斯。

俄狄浦斯对忒修斯表示感谢，并且答应要帮助忒修斯。他说，他的坟墓将是雅典人的可靠的保护者。

<u>但是，俄狄浦斯的命运注定他不能立即找到安宁。</u>忒修斯走了以后，克瑞翁带了一小队人马从忒拜赶来。他想控制俄狄浦斯，以便他和埃忒奥克勒斯战胜波吕涅克斯及其同盟者。克瑞翁试图劝说俄狄浦斯跟他们走，他想说服他到忒拜去，并且答应他在那里可以在自己的亲人中过安定的生活并受到他们的照顾。然而，俄狄浦斯的决心是无法动摇的，而且他根本就不相信克瑞翁。俄狄浦斯明白，克瑞翁是在强迫他回忒拜去。不，他不能跟他们走，他不能将胜利交给使他遭受如此多的灾难的那些人之手。

克瑞翁看到俄狄浦斯不可动摇，便开始威胁他，要用暴力迫使俄狄浦斯同他们到忒拜去。俄狄浦斯不怕暴力——因为他在忒修斯和全体雅典人的保护之下。于是，克瑞翁便<u>幸灾乐祸</u>地通知虚弱无力的瞎老头说，他的一个女儿伊斯墨涅已被他们逮住；克瑞翁威胁说还要夺走俄狄浦斯的唯一支柱——他的有自我牺牲精神的女儿安提戈涅。克瑞翁说到做到，他命令把安提戈涅抓起来。她向雅典人呼救，她将双手伸向父亲，都无济于事，结果还是把她带走了。现在，代替他看的那个眼睛被剥夺了，俄狄浦斯更加陷入了<u>孤立无援</u>的地步，他呼吁欧墨尼得斯作证，他诅咒克瑞翁也遭遇像他同样的命运。克瑞翁既然已经用了暴力，他便决定继续施暴。他逮住了俄狄浦斯，并想将他带走。科洛诺斯的居民出来保护俄狄浦斯，但他们人少，无力同克瑞翁的军队斗争。科洛诺斯人大声呼救。忒修斯听到他们的呼声后，带着自己的卫

> 经历苦难的俄狄浦斯会有好的归宿吗？

> 幸灾乐祸：指人缺乏善意，在别人遇到灾祸时感到高兴。

> 孤立无援：单独行事，得不到援助。

队赶来。

忒修斯对克瑞翁使用暴力极为愤怒。克瑞翁怎敢在欧墨尼得斯的圣林前绑架俄狄浦斯和他的女儿？如果他敢绑架走受雅典保护的那些人，那他还把忒修斯放在眼里？难道他在忒拜学会了这样无法无天地行动？不是！忒修斯知道，在忒拜是不会容忍这种行为的。克瑞翁玷污了自己的城市和自己的祖国，尽管他年岁很大，但他的行动却像一个没有头脑的小子。忒修斯要求立即送回俄狄浦斯的女儿。克瑞翁在忒修斯面前力图为自己的行为辩护，据他说，他以为雅典不会为弑父娶母的凶手提供住处的。然而，忒修斯却坚持自己的决定，他要求克瑞翁将女儿交给俄狄浦斯，并说他不看到俄狄浦斯同女儿在一起他不离开。克瑞翁服从了忒修斯的要求，俄狄浦斯老人很快就拥抱着自己的女儿，他感谢善良的雅典王，并祈求众神为他*赐福*。

> 赐福：给予祝福。

忒修斯对俄狄浦斯说：

"俄狄浦斯，你听我说：在克瑞翁来以前我在波塞冬神坛举行献祭时，那里坐着一个年轻人，他想同你讲话。"

俄狄浦斯问："这个青年是谁啊？"

忒修斯回答说："我不知道。青年人是从阿尔戈斯来的。你想一想，你在阿尔戈斯有没有什么亲戚。"

听到这话，俄狄浦斯惊叫道：

"噢！忒修斯，不要让我同这个青年讲话！从你的话中我明白了这是我那可恨的儿子波吕涅克斯。他的话只能使我痛苦。"

忒修斯说："但是，他作为乞求者来了，你不能拒绝他，惹怒众神。"

听说波吕涅克斯在这里，安提戈涅也请求父亲听他说些什么，尽管他对父亲有严重的过错。俄狄浦斯同意听一下儿子的来意，忒修斯便离开他们而去。

波吕涅克斯泪流满面地来了。他看到父亲——<u>两只空洞的瞎眼，穿着乞丐的衣衫，斑白的头发随风飘动，满脸是经常挨饿和备受艰苦的痕迹</u>，顿时放声大哭起来。波吕涅克斯现在才明白，

> 这是一段精彩的外貌描写，寥寥几十个字，便写出俄狄浦斯内心的苦楚。

他多么残酷地对待了亲生父亲。

他把双手伸向父亲说：

"父亲，你不要转过身子去，你只告诉我一句话！回答我，不要让我得不到回答！妹妹你帮我说服父亲，不要不对我说一句话就让我离开。"

安提戈涅要求哥哥告诉父亲，他来干什么。她相信父亲不会不回答儿子的问题的。

波吕涅克斯讲述了他怎样被弟弟赶出忒拜，怎样到了阿尔戈斯，在那里同阿德拉斯托斯的女儿结了婚，而且找到了支援，准备去把法定属于他的作为长子的政权从弟弟手中夺回。

波吕涅克斯继续说："噢，父亲！我们以你的儿女的名分恳求你跟我们一起走；我们乞求你忘掉你的愤怒，帮助我们向驱逐了我和夺走了我的国家的埃忒奥克勒斯报仇。要知道，如果只有神谕说的是真理的话，那么你同谁在一起谁就会胜利。噢，听从我说的吧！我以众神的名分恳求你跟我走吧！我归还你的老家的房子，而在这异国他乡，你和我一样都是乞丐。"

俄狄浦斯不听儿子这一套，乞求根本没有打动他。儿子波吕涅克斯现在需要他是为了夺占忒拜。以前不是他将父亲赶出忒拜的吗？难道不是他使父亲沦为流浪者的吗？难道不是因为他，俄狄浦斯才穿着这样褴褛的衣衫吗？两个儿子都对父亲忤逆不孝，只有两个女儿依然对父亲忠实，并且始终关心他和尊敬他。

俄狄浦斯高声说："不，我不能帮助你把忒拜变成一堆废墟。在拿下忒拜之前，你先要死在血泊之中，你的兄弟埃忒奥克勒斯也将同你一块儿死去！我再一次诅咒你，使你能够记住应当怎样尊敬自己的父亲。你这个被打倒的、不会有父亲的家伙，快从这里滚开吧！带着我的诅咒走吧！死在同你弟弟的决斗中吧！你杀死驱逐你的那个人吧！我呼吁挑起你们兄弟自相残杀内讧的欧墨尼得斯女神和阿瑞斯战神惩罚你们吧！回去告诉你们的同伙，俄狄浦斯把什么礼物平均地送给了他的两个儿子。"

波吕涅克斯惊呼道：

褴褛（lánlǚ）：破烂。

忤（wǔ）逆：不孝顺（父母）。

废墟（xū）：城市、村庄遭受破坏或灾害后变成的荒凉地方。

内讧（hòng）：集团内部由于争权夺利等原因而发生冲突或战争。

"噢，我真痛苦啊！噢，我真不幸啊！难道我能把我父亲的回答告诉我的同伴吗！不，我应当默默地去迎接我的命运！"

波吕涅克斯再没有向父亲乞求宽恕和为自己辩护，也没有听安提戈涅的劝说回阿尔戈斯去，他默默地走了。

俄狄浦斯的末日临近了。在晴朗的天空中，突然打出了闪电、响起了雷声。所有站在欧墨尼得斯圣林的人都为宙斯的这一可怕的征兆而吃惊。又是一阵雷声。又是耀眼闪电的火光。大家都吓得发抖。

俄狄浦斯把女儿叫到跟前，对她们说：

"噢，孩子们！赶快把忒修斯叫来！这些宙斯的雷声预示我，我很快要到黑暗的哈得斯冥国去了。不要耽误！快去找忒修斯来！我的末日很近了！"

俄狄浦斯刚说完这些话，又是一声雷响，似乎证实了他的话。忒修斯赶忙来到欧墨尼得斯圣林。俄狄浦斯听到他的声音时说：

"雅典的主宰者！宙斯的雷鸣和电闪预示我的末日已到，我想在死之前履行我对你的诺言。我自己把你带到我死的地方，但你不能对任何人透露我的坟墓在哪里，它将保护你的城市胜过用大量的甲胄和长矛。你可以听到我在这里不能说的话。你要保守这个秘密，在你死前你可向你的大儿子透露，让他传给他的继承人。走吧，忒修斯，走吧，孩子们。现在，我这个盲人要做你们的向导，因为我有赫尔墨斯和佩尔塞福涅给我引路。"

忒修斯、安提戈涅和伊斯墨涅跟着俄狄浦斯，他就像明目人一样领着他们。他到了通向黑暗的冥国的斜坡处，坐在那里的石头上。俄狄浦斯准备好死以后，抱住了自己的两个女儿，并对她们说：

"孩子们，从今天起，你们再没有父亲了。死神塔纳托斯已经控制了我。关怀照顾我的沉重义务再不会压到你们肩上了。"

安提戈涅和伊斯墨涅抱住父亲大哭起来。突然从地下深处发出了一个神秘的声音："俄狄浦斯，快些，快些！为什么你走得

透露(tòulù)：泄露或显露(消息、意思等)。

父亲的怀抱是女儿最好的避风港。

这么慢？你拖延的时间太长了！"俄狄浦斯听到这声音后，把忒修斯叫到跟前，将两个女儿的手放到忒修斯的手中，乞求忒修斯当她们的保护人。忒修斯发誓满足俄狄浦斯的请求。俄狄浦斯命令两个女儿走开，她们不应当看到将要发生的事，也不应当听到俄狄浦斯想要告诉忒修斯的秘密。安提戈涅和伊斯墨涅走了。她们走了不远，回过头来想看父亲最后一眼，但是，父亲已经没有了，只有忒修斯站在那里，双手蒙着眼睛，似乎看到了什么可怕的情景。然后，安提戈涅和伊斯墨涅看到，忒修斯双腿跪下在祈祷。

俄狄浦斯的多灾多难的生活就这样结束了，凡人谁也不知道他是怎样死的，他的坟墓在哪儿。他既不呻吟，也没有痛苦地去了哈得斯冥国，其他的凡人是不会像他那样去冥国的。

七将攻忒拜

俄狄浦斯被赶出忒拜后,他的一个儿子波吕涅克斯也被弟弟赶出忒拜国。忒拜国面临前所未有的危机。

当眼瞎了的俄狄浦斯被赶出忒拜的时候,他的儿子们和克瑞翁分享了政权。在一年之中,他们每一个人轮流执政。埃忒奥克勒斯不愿同自己的哥哥分掌政权,便把他哥哥波吕涅克斯驱逐出忒拜,一个人独霸了忒拜的统治权。波吕涅克斯离开了忒拜前往阿德拉斯托斯王统治的阿尔戈斯。

阿德拉斯托斯王出身于阿米塔翁兄弟的家族。老英雄阿米塔翁有两个儿子,一个是伟大的预言家墨兰波斯,另一个是彼阿斯,这两个英雄在从前某个时候同普罗托斯王的女儿结了婚。事情的经过是这样的:普罗托斯的女儿得罪了神受到惩罚,神使她们疯癫。在疯癫发作时,普罗托斯的女儿自以为是牝牛,在郊外的田野和森林里哞哞地叫着奔跑。墨兰波斯知道治疗普罗托斯女儿病的秘密,但他要求普罗托斯把自己的三分之一的领地给他。普罗托斯不同意。灾难愈来愈严重了,疯癫传染到了其他的女子。普罗托斯再一次地请求墨兰波斯。这次,墨兰波斯要求的已经不是三分之一的领地,而是三分之二,一份归自己,另一份给他的兄弟彼阿斯。普罗托斯只得应允。墨兰波斯带了一队青年到山里,在长时间地跟踪之后,将所有发疯的女人和普罗托斯的女儿都逮住,并治好了她们的病。普罗托斯将女儿嫁给了墨兰波斯和彼阿斯。

墨兰波斯有一个儿子是安提法忒斯,安提法忒斯的儿子是奥

独霸(bà):一个人霸占。

疯癫(diān):精神失常。

伊克勒斯，奥伊克勒斯的儿子是安菲阿拉奥斯。彼阿斯的儿子是塔拉奥斯，塔拉奥斯的孩子是阿德拉斯托斯和埃里费勒。当墨兰波斯和彼阿斯的后代安菲阿拉奥斯和阿德拉斯托斯成年以后，他们之间产生了内讧。阿德拉斯托斯不得不逃往锡基翁投奔波吕波斯王。在那里，他同国王的女儿结了婚，并获得了对锡基翁的统治权。但是，过了不久，他又回到故乡的阿尔戈斯，同安菲阿拉奥斯和解了，并将自己的妹妹埃里费勒嫁给了安菲阿拉奥斯。阿德拉斯托斯和安菲阿拉奥斯互相起誓，埃里费勒永远是他们争执的裁判，他们必须无条件地服从她的决定。安菲阿拉奥斯没有想到，这个决定成了他和他的家族毁灭的起因。

波吕涅克斯也来到了阿德拉斯托斯的王宫，寻求国王的保护和帮助。在王宫里，波吕涅克斯遇到了奥纽斯的儿子——英雄提丢斯，他是在故乡打死了自己的叔父和堂兄弟跑到阿尔戈斯的。两个英雄之间发生了激烈的争吵。桀骜不驯的提丢斯拿起了武器，波吕涅克斯用盾牌掩护着自己也拔出了剑。两个英雄互相厮杀了起来。他们的剑砍到铜铸的盾牌发出了巨大的撞击声。在黑暗中，两个英雄像两只暴怒的雄狮一样搏斗了起来。阿德拉斯托斯听到了决斗的嘈杂声，来到了宫院中。他看到两个剧烈搏斗的少年时非常惊奇。其中之一，波吕涅克斯上身披着一张狮皮；另外一个是提丢斯，他身着一张巨大的野猪皮。阿德拉斯托斯想起了神谕给他的预言，他应当把自己的女儿嫁给狮子和野猪。他赶忙把两个英雄分开，并把他们作为客人引进了王宫。很快，阿德拉斯托斯王把自己的一个女儿得皮勒嫁给了波吕涅克斯，把另一个女儿阿尔格娅嫁给了提丢斯。

波吕涅克斯和提丢斯当上了阿德拉斯托斯的女婿以后，他们要求他帮助收回在他们祖国的政权。阿德拉斯托斯答应帮助他们，他提出了一个条件：让力量大的战士和伟大的预言家安菲阿拉奥斯也参加征讨。

他们决定首先出发去攻打有七座城门的忒拜。安菲阿拉奥斯拒绝参加这一征讨，因为他知道这个征讨是违反神的意志的。作

桀（jié）骜（ào）不驯（xùn）：指性情暴烈，不驯顺。

为宙斯和阿波罗宠儿的他，不愿违反神的意志而惹怒众神。无论提丢斯怎样劝说，他还是坚持自己的决定。这激起了提丢斯的不可遏制的怒火，如果不是阿德拉斯托斯为他们从中调解，两个英雄将会永远成为仇敌。为了最后迫使安菲阿拉奥斯参加征讨，波吕涅克斯决定采用阴谋诡计。他决定去说服埃里费勒站在自己一边，以便她用自己的决定迫使安菲阿拉奥斯去攻打忒拜。波吕涅克斯知道埃里费勒是利欲熏心的人，所以答应将忒拜的第一位国王的王后哈尔摩尼娅的珍贵的项链送给她。埃里费勒受到宝贵礼物的诱惑，决定她的丈夫必须去参加征讨。安菲阿拉奥斯不能拒绝，因为他自己过去曾经起过誓，将要服从埃里费勒的一切决定。埃里费勒就这样在珍贵的项链诱惑下，将自己的丈夫送去就死。她不知道谁拥有那个项链将给谁带来巨大的灾难。

许多英雄都同意参加这次征讨。参加者有：普罗托斯的强大的后代、力大如神的卡帕纽斯和埃忒奥克洛斯，阿卡迪亚的著名女猎手阿塔兰塔的儿子——年轻而英俊的帕尔忒诺派奥斯，享有盛誉的希波墨冬，以及其他许多英雄。波吕涅克斯也向迈锡尼呼吁支援；迈锡尼的执政者已经要同意参加征讨了，但是，伟大的雷电之神以其严厉的征兆制止了他。最终还是聚集了大量的军队。七个将领带着军队去攻打忒拜，阿德拉斯托斯是全军的统帅。英雄们向着死亡走去。预言家安菲阿拉奥斯请求他们不要发动这场征讨，但是，他们没有听取他的劝告。他们所有的人胸中燃烧着一个愿望——在忒拜城下厮杀。

军队出发了。安菲阿拉奥斯同他的家人告别，他拥抱了自己的女儿，拥抱了他的两个儿子：年少的阿尔克墨翁和还在乳母怀抱中的小安菲洛克斯。临行之前，安菲阿拉奥斯嘱咐他的儿子阿尔克墨翁向将他父亲送上死路的母亲报仇。安菲阿拉奥斯忧心忡忡地登上了马车；他知道，这是见他的孩子们的最后一面了。安菲阿拉奥斯站在马车上对他的妻子埃里费勒拔出剑，咒骂她是让他去送死。

军队顺利地来到内梅亚。渴得要命的战士们开始寻找水源。

哪儿都找不到一眼水泉，仙女按照宙斯的命令将水泉都填了，因为宙斯对违背他的旨意而举行征讨的英雄们非常气愤。最后，他们遇见了莱姆诺斯的前女王许普西皮勒抱着内梅亚王吕库尔戈斯的小儿子奥菲尔忒斯。许普西皮勒被莱姆诺斯的女人们卖为奴隶，是因为她们将所有男人都杀死时，她营救了自己的父亲托阿斯。现在，莱姆诺斯的女王成了吕库尔戈斯的女奴，并且照料他的儿子。许普西皮勒把小奥菲尔忒斯放在草地上坐下，她去为战士们指示被树林遮掩住的水泉。许普西皮勒和战士们刚一离开奥菲尔忒斯，一条巨蛇便从树丛中爬出，紧紧地缠绕住了小孩。战士们和许普西皮勒听到叫声赶快跑来，吕库尔戈斯和妻子欧律狄克也来援救，但奥菲尔忒斯已被蛇窒息而死。吕库尔戈斯拔出利剑要杀许普西皮勒。如果不是提丢斯出来保护她，她就被吕库尔戈斯杀了。提丢斯准备好同吕库尔戈斯决斗，但阿德拉斯托斯和安菲阿拉奥斯阻止了他。英雄们埋葬了奥菲尔忒斯，并在他的葬礼上举行军事竞技会，从此便奠定了内梅亚竞技会。安菲阿拉奥斯知道，奥菲尔忒斯的死是对全军的不祥之兆，这个死亡预示着所有的英雄将要灭亡。安菲阿拉奥斯把奥菲尔忒斯称作阿尔赫摩罗斯（意即死亡的引路人），他又开始劝说所有的英雄停止去攻打忒拜，但是同以前一样，他们根本不听，他们顽固地要去迎接自己的死亡。

窒（zhì）息：因外界缺氧或呼吸系统发生障碍而呼吸困难甚至停止呼吸。

军队穿过森林茂密的基泰戎山的峡谷来到阿索波斯河岸边，直逼七座城门的忒拜城下。他们决定派提丢斯前往忒拜同被围困者谈判。提丢斯到了忒拜正赶上忒拜的贵族们在埃忒奥克洛斯那里饮宴。他们不听提丢斯说的话，而笑着邀请他参加宴会。提丢斯大发雷霆，尽管在敌人中间他只一个人，他还是向他们挑战进行一对一的决斗，他逐个地战胜了他们，这是因为雅典娜·帕拉斯帮助了自己的宠儿。忒拜人恼羞成怒，他们决心要杀死这位伟大的英雄。他们派出了五十名身强力壮的小伙子，由墨翁特和吕科丰率领设伏，在提丢斯返回包围者的营垒时攻击他。就这样，提丢斯也没有死掉，他把所有的小伙子都杀了，只是按照神的意志放走了墨翁特,以便让墨翁特向忒拜人报告。

在此以后,来自阿尔戈斯的英雄和忒拜人之间的仇恨更加白热化了。七个将领都向战神阿瑞斯、其他一切战神和死神塔纳托斯举行了献祭。他们都在牺牲的血中浸了手,并且发誓或者摧毁忒拜城,或者在战斗中倒下,用自己的鲜血去灌溉忒拜的土地。阿尔戈斯的军队准备攻城。阿德拉斯托斯给军队分了工,让七位将领中的每一位攻打七座城门中的一个。

强大的提丢斯像一头凶残嗜血的巨龙,带领着自己的队伍去主攻普罗依提斯门。在他的头盔上三绺冠缨在飘动,他的盾牌上画着满天星斗的夜空,在中央是夜的眼睛——一轮满月。像巨人一样高大的卡帕纽斯把他的队伍布置在埃勒克特拉门的对面。他威胁忒拜人说,尽管众神反对,他也要攻下城池;他还说,甚至雷电之神宙斯大发雷霆也制止不住他。卡帕纽斯的盾牌上画着一个手擎火炬的裸体英雄。普罗托斯的后代埃忒奥克勒斯,带着队伍站立在涅依斯克门的对面;他的盾牌上的图徽是:一个在云梯上向被围城堡攀登的人,下面写着:"战神阿瑞斯也推翻不了我"。攻打雅典门的是希波墨冬;在他的像日光一样闪耀的盾牌上的标记是口吐火焰的提丰。希波墨冬的战斗号召充满了愤怒的声调,他的眼睛发出凶光。年轻英俊的帕尔忒诺派奥斯统领着自己的队伍攻打玻瑞阿斯门。他的盾牌上画着斯芬克司,它的巨爪中逮着一个快要死去的忒拜人。预言家安菲阿拉奥斯围困戈莫洛依得门。他对战争的主谋者提丢斯非常气愤,骂他是杀人犯、城市的毁灭者、狂暴的使者、刽子手和一切罪恶的狗头军师。他痛恨这次征讨,他谴责波吕涅克斯引来外国人的军队破坏他的祖国的忒拜。安菲阿拉奥斯知道,后辈人们将要诅咒参加这次征讨的人。安菲阿拉奥斯也知道,他自己将在战斗中死去,他的尸体将被忒拜的大地吞没。在安菲阿拉奥斯的盾牌上没有任何图徽,他的外表就比任何标志都更引人注意。最后,第七个城门由波吕涅克斯围困。在他的盾牌上画着一位女神领着一个武装的英雄,并写着:"我带着这个男子汉作为胜利者回到他的城市和他父亲的家。"进攻牢不可破的忒拜城的工作，已经准备就绪。

忒拜人也对战斗进行了准备：埃忒奥克勒斯给每一座城门都派去了以著名英雄为首的一队战士。他自己承担了保卫他哥哥波吕涅克斯要进攻的那个城门。对抗提丢斯的是阿斯塔科斯的强大的儿子墨拉尼波斯，他是由卡德摩斯杀死的毒龙牙齿生长出来的战士的后代之一。埃忒奥克勒斯派波吕丰忒斯去对抗卡帕纽斯，波吕丰忒斯受女神阿尔忒弥斯亲自保护。克瑞翁的儿子墨伽柔斯带着军队防守埃忒奥克勒斯要进攻的那座城门，奥诺尔的儿子许佩尔庇奥斯派去抵御希波墨冬，英雄阿克托尔对抗帕尔忒诺派奥斯，而智勇双全的勒斯丰去防守安菲阿拉奥斯。在忒拜的英雄中还有波塞冬的力大无穷的儿子——不可战胜的佩里克吕墨诺斯。

抵御（yù）：抵抗，防御。

战斗开始以前，埃忒奥克勒斯向预言家提瑞西阿斯询问了战斗的结局。提瑞西阿斯允诺只有把克瑞翁的儿子墨诺克奥斯祭献战神阿瑞斯，才能取得胜利（因为战神对卡德摩斯杀死献给他的妖龙还在生气呢）。青年墨诺克奥斯知道这个预言后，他登上了忒拜的城墙，面对过去献给阿瑞斯的妖龙栖居过的洞穴，用利剑刺进自己的胸膛。克瑞翁的儿子就这样死了；他自愿将自己当成牺牲，以挽救自己的祖国忒拜。

穴（xué）：动物的窝。

一切都注定胜利属于忒拜人。愤怒的阿瑞斯发了慈悲，众神也都站在遵从神的意志的忒拜人一边。但是，忒拜人并未立即取得胜利。当他们走出城墙的保护，在阿波罗神庙附近同阿尔戈斯军队战斗时，在敌人的打击下，他们不得不退却，并重新躲到城墙里边去。阿尔戈斯人追击忒拜人，并开始攻城。以超人的力量而自豪并目空一切的卡帕纽斯搭上了云梯就要冲进城去，这使宙斯不能容忍，谁敢违反他的意志而攻入忒拜！当卡帕纽斯已经登上城墙时，宙斯向他投去了火光四射的雷电。宙斯将卡帕纽斯击死。他全身着火，冒着黑烟的尸体从城上掉到下面阿尔戈斯人的脚边。

在围城时，年轻的帕尔忒诺派奥斯倒下了。大力的佩里克吕墨诺斯从城上将岩石般的巨石砸到了他的头上。这块巨石将帕尔忒诺派奥斯的脑袋砸得粉碎,他立即倒在地上死了。

阿尔戈斯人在退离城墙时深信,他们是攻不下忒拜城的。忒拜人现在可以欢欣鼓舞了,忒拜城岿然不动。

这时,敌人们决定,让波吕涅克斯和埃忒奥克勒斯兄弟两人单独决斗,来决定统治忒拜的权应当归于谁。俄狄浦斯的两个儿子准备好了单独决斗。埃忒奥克勒斯挥舞着武器走出了忒拜的城门;波吕涅克斯从阿尔戈斯的营垒出来迎了上去。现在,兄弟阋墙的战斗就要开始了。兄弟两人互相充满了仇恨。其中之一必然要死去。但是,伟大的铁面无私的命运女神摩伊拉却作了另外的安排。复仇女神没有忘记俄狄浦斯的诅咒,她们也没有忘记拉伊奥斯的罪行和佩洛普斯的诅咒。

在残酷的决斗中,兄弟两人就像两头争夺猎物而暴怒的狮子一样厮杀了起来。他们在盾牌的掩护下对打,用充满仇恨的目光机灵地注视着对方的动作。埃忒奥克勒斯退却了,波吕涅克斯立即向兄弟投出了长矛并刺伤了他的大腿,伤口里涌出了鲜血。但在投掷长矛时,波吕涅克斯露出了肩膀,埃忒奥克勒斯立即用长矛刺中了他的肩膀。长矛刺到波吕涅克斯的铠甲上被撞弯了,矛杆撞折了。埃忒奥克勒斯只剩下剑了。他迅速地躬下腰去抱起一块巨石向哥哥砸去,巨石砸到波吕涅克斯的长矛上,矛杆被砸断了。现在,两兄弟手中只有利剑了。他们将盾牌顶着盾牌互相砍杀,他们两人都受了伤,鲜血染红了他们的铠甲。埃忒奥克勒斯猛然后退一步,这出乎波吕涅克斯的预料,他抬起了盾牌,他兄弟趁这一瞬间将剑刺进了他的肚子。波吕涅克斯倒在地上,鲜血从他的伤口中像河水一样喷出。埃忒奥克勒斯得到了胜利。他跑到被他打死的哥哥的身边,想将他的铠甲剥下。波吕涅克斯用尽了最后的力量,挣扎着欠起身体,一剑刺进兄弟的胸膛。这一击便使他的灵魂飞往黑暗的哈得斯王国。<u>埃忒奥克勒斯像一株被砍伐的大橡树倒在了哥哥的尸体上,他们的血混合在一起,染红了周围的土地</u>。忒拜人和阿尔戈斯人看了两兄弟决斗的悲惨结局,都吓得目瞪口呆。

被包围者和包围者之间的血战又爆发了起来。在这场战斗中，众神是保护忒拜人的。希波墨冬和普罗托斯·埃忒奥克勒斯死了，不可战胜的提丢斯被力大无穷的墨拉尼波斯伤得很重。提丢斯虽然伤势严重，但他还是聚集了力量报复了墨拉尼波斯，用长矛刺中了他。雅典娜·帕拉斯看到快要死的、满身鲜血的提丢斯，向宙斯乞求让她援救她的宠儿，甚至赐予他永生。雅典娜赶快来到提丢斯跟前。但是，就在这个时候，安菲阿拉奥斯砍下了墨拉尼波斯的头，将它扔给垂死的提丢斯。在狂怒中，提丢斯抓起了头颅，将其砸破，像野兽一样开始吸吮自己敌人的脑髓。雅典娜看到提丢斯的狂暴和残忍极为震惊，她离开了他，而要死的提丢斯只是在雅典娜的身后低声地祈求——把他自己没有获得的永生赐给他的儿子狄奥墨得斯。

忒拜人战胜了阿尔戈斯人，后者的军队全都倒在了忒拜的城下。安菲阿拉奥斯也死了。力大的佩里克吕墨涅斯追击他，眼看快要追上伟大的预言家，已经挥动长矛准备向他刺去，突然宙斯的闪电亮了，雷声响了，大地随之裂开将安菲阿拉奥斯及其战车吞没了。所有阿尔戈斯的英雄中只有阿德拉斯托斯一个逃脱了。他骑着他的像风一样快的神驹阿里翁逃到雅典躲藏了起来，然后由那里回到阿尔戈斯。

忒拜人欢欣鼓舞，忒拜得救了。他们为自己的在战斗中牺牲的英雄举行了隆重的葬礼，但没有埋葬跟着波吕涅克斯从阿尔戈斯来的所有战士。拿起武器反对自己祖国的波吕涅克斯也暴尸在战场。

阿尔戈斯英雄们的妻子和母亲知道了她们的亲人没有被埋葬的事，她们万分悲伤地同阿德拉斯托斯一起来到阿提卡，乞求忒修斯王帮助不幸中的她们，并迫使忒拜人交出死者的尸体。在埃莱夫西斯的得墨忒尔神庙附近，她们遇到了忒修斯的母亲，她们乞求她让她的儿子去要回阿尔戈斯战士们的遗体。忒修斯犹豫了好久，最后才决定帮助阿尔戈斯的女人和阿德拉斯托斯。忒拜王克瑞翁派的使节正好在此时来到。大使要求忒修斯不要帮助阿尔

欢欣(xīn)鼓舞(wǔ)：形容高兴振奋。

隆(lóng)重：盛大庄重。

戈斯的女人，并把阿德拉斯托斯从阿提卡赶走。

忒修斯非常气愤：克瑞翁怎敢要我服从他的指使？难道我自己无权采取决定吗！忒修斯带着军队去攻打忒拜，打败了忒拜人，并迫使他们交出了所有阵亡战士的尸体。在埃莱夫菲尔堆了七个大柴堆，将战士们的尸体放在上面火化了。而统帅们的尸体则运到埃莱夫西斯进行了火葬，他们的骨灰交给了他们的母亲和妻子带回祖国阿尔戈斯。

只有被宙斯的雷电殛死的卡帕纽斯的骨灰留在了埃莱夫西斯。卡帕纳斯的尸体成了神圣的，因为他是雷电之神亲自杀死的。雅典人堆起了一个很大的柴堆，并将卡帕纽斯的尸体放在上面。当火开始点燃，火苗快要接触尸体时，卡帕纽斯的妻子——伊菲托斯的美丽的女儿埃瓦德涅赶到埃莱夫西斯。她承受不了亲爱的丈夫的死亡。她穿上豪华的丧服，跳进了熊熊的火苗之中。

埃瓦德涅的灵魂同她丈夫的灵魂一块去了哈得斯冥国。

殛（jí）死：杀死。

安提戈涅

> 人品高尚的俄狄浦斯的女儿安提戈涅不顾众人劝说，违抗克瑞翁的意愿将哥哥的尸体埋葬了。

在战胜阿尔戈斯人之后，忒拜人为埃忒奥克勒斯和全体阵亡的战士举行了隆重的葬礼，而克瑞翁和忒拜人决定不埋葬波吕涅克斯，因为他招来了外国人进攻忒拜。他的尸体躺在城外野地，任凭野兽和禽鸟撕裂和啄食。波吕涅克斯的灵魂注定要永远漂泊，在冥国找不到安宁。

人品高尚的、准备对一切作出自我牺牲的俄狄浦斯的女儿安提戈涅看到她哥哥所蒙受的凌辱非常痛心。她决定不顾一切要将波吕涅克斯的尸体埋葬。克瑞翁威胁所有的人说，谁要敢于埋葬波吕涅克斯，并举行任何葬礼，则处以死刑，这也没有吓倒她。安提戈涅叫妹妹伊斯墨涅同她一起去，但是，胆小的妹妹由于害怕克瑞翁生气，而不敢去帮助姐姐。她甚至竭力劝说安提戈涅不要去对抗忒拜王的意志，并提起了她们的母亲和兄弟们的遭遇。难道安提戈涅还想毁掉自己和她吗？

安提戈涅没有听伊斯墨涅的话：她决定一个人去完成对哥哥的义务，只要波吕涅克斯得以埋葬，她准备毫无怨尤地承担一切风险。安提戈涅也完成了自己的决定。

克瑞翁很快就得知他的命令被违抗了。一个看守人向他报告，有人秘密地来到波吕涅克斯的尸首那里，把尸首覆盖上了土，完成了葬礼。克瑞翁当即大发雷霆，他威胁看守如果不找到对波吕涅克斯尸体举行葬礼的那个人，将对他们施以酷刑；他还

漂泊(bó)：不固定，东奔西走。

凌(líng)辱：欺侮。

大发雷霆(tíng)：比喻大发脾气，高声训斥。

向宙斯起誓,他一定履行自己的誓言。

　　看守到波吕涅克斯尸首躺的地方去了。看守把尸体上的土掀开,跑到附近的小山丘上坐下,以免腐烂尸体的臭味袭来。中午,忽然起了风暴,旋风在大地上卷起了尘雾。风暴过后,看守看到一个姑娘俯身在尸体上哭波吕涅克斯,<u>她的悲痛的声音就像鸟儿看到凶恶的手将它的小鸟抓走而发出凄惨的叫声一样</u>。姑娘已经完成了向地下众神的祭酒,看守逮住了她,将她带到克瑞翁那里。这个姑娘就是安提戈涅。

　　克瑞翁用怒骂迎接了安提戈涅,并要求她承认犯了罪。安提戈涅根本不想否认自己有罪。她违犯了克瑞翁的命令,但她却履行了神的法律和意志。安提戈涅用土掩盖了哥哥的尸体,是她履行了对兄弟的义务。她不怕死,她渴望着去死,因为她的生活充满了悲伤。克瑞翁在极端愤怒之下,威胁不仅要将安提戈涅,还有伊斯墨涅都处以死刑,因为他相信伊斯墨涅是安提戈涅的帮凶。

　　安提戈涅听到克瑞翁想要把伊斯墨涅也处死,她吓得要命。难道她要成为妹妹被处死的罪人吗?仆人们去逮伊斯墨涅去了,她已在王宫门口出现。伊斯墨涅为姐姐悲伤而泪流不止。

　　回答克瑞翁的问话时,一向胆小的伊斯墨涅在得知死亡威胁着姐姐时,她鼓足了勇气愿与安提戈涅遭受同样命运。她坚定地回答克瑞翁说,她也参加了对波吕涅克斯尸体举行的葬礼。

　　安提戈涅不愿让丝毫没有罪过的伊斯墨涅同她一起去受罪。伊斯墨涅乞求安提戈涅说:

　　"噢,姐姐,不要拒绝我,不要说我不配同你一块儿死!没有你,我的生命还有什么意义吗?不要侮辱我!"

　　但是,安提戈涅回答妹妹说:

　　"不,你不应当同我一起死!不能承认自己没有做过的事!我一个人死就够了!你选择活,我选择死!"

　　伊斯墨涅乞求克瑞翁饶恕安提戈涅,她乞求他想一想,他是要处死儿子的未婚妻啊。然而,克瑞翁丝毫不为伊斯墨涅的

比喻句。

饶恕(shù):免予责罚。

恳求所感动，他回答说，不允许自己的儿子海蒙娶女犯人为妻。安提戈涅必须去死，让她死，离开海蒙。克瑞翁让仆人把安提戈涅和伊斯墨涅带进宫去，严加看守，防止她们逃跑。仆人带走了俄狄浦斯的女儿。市民沉默地站在那里。他们同情安提戈涅，他们认为她完成了一项功绩。如果不是在贪权的克瑞翁面前恐惧封住了他们的嘴，他们会对克瑞翁说，安提戈涅是正确的，人民不会因她埋葬波吕涅克斯而谴责她。

恳(kěn)求：恳切地请求。

克瑞翁的年幼的儿子海蒙得知他的未婚妻遭到了怎样的命运时，来到父亲那里乞求宽恕安提戈涅。海蒙知道全体人民都怜悯无辜的安提戈涅，知道人民都在抱怨。海蒙请求父亲不要固执己见。

无辜(gū)：没有罪。

海蒙大胆地对克瑞翁说："忒拜所有的人都认为安提戈涅无罪！父亲，我看你是不公正的！你自己违背了神的法律！"

克瑞翁更加火冒三丈，他认为海蒙只是出于对安提戈涅的爱情而如此替她辩护。他愤怒地对儿子喊道：

"噢，你想做一个女人的卑鄙的奴隶！"

海蒙回答说："不是！你永远不会看到我去同情罪恶的事情。我是维护你的呀！"

但是，克瑞翁丝毫听不进海蒙的话，他一定要处死安提戈涅。

听到父亲这样决定后，海蒙说：

"如果她死掉，那么将会有另一个人跟着她去死。"

但是，克瑞翁怒不可遏。他命令武士将安提戈涅带来，在这里当着海蒙的面处死。

遏(è)：抑制。

海蒙惊呼道："不，不能当着我的面将她处死。父亲，那你永远再见不到我了！你就在对你奉承献媚的朋友中间狂妄行事吧！"

献媚(mèi)：巴结、讨好。

海蒙说完这话便走了。市民们警告克瑞翁，海蒙负气离开他注定要出事，但克瑞翁无动于衷。

现在，要将安提戈涅带去执行可怕的死刑。克瑞翁决定要将她关进拉布达科斯族的石棺中。安提戈涅走上她最后的道路，走向阿克戎河的岸边。她再也看不见光明的世界了。

安提戈涅刚被带走，孩子们就告诉了盲预言家提瑞西阿斯，他来到了克瑞翁跟前。在献祭时众神对他预示了不祥的征兆。众神对于不将死者的尸体埋葬，而让鸟雀和野狗将腐烂的尸体四处乱抛极为愤怒。提瑞西阿斯预言说，如果不将波吕涅克斯的尸体埋葬，宙斯的神鹰将会把一块尸体带到他的宝座前面去。但克瑞翁丧失理智地顽固坚持己见，甚至谴责提瑞西阿斯，说他被人收买了，出于私心而来劝说他。非常生气的提瑞西阿斯严肃地对克瑞翁说，这一切都是他的过错：他将安提戈涅封砌到石棺里，侮辱了众神；他让波吕涅克斯暴尸，违犯了众神的法律。为此神将要惩罚他，克瑞翁的全家将要陷入悲哀之中，谁亲近克瑞翁谁就要受到惩罚。铁面无私的复仇女神埃里尼斯将要报复克瑞翁。谁也不能使他免于遭到令人恐怖的报复。

预言家提瑞西阿斯的话使克瑞翁非常害怕。他取消了自己的禁止埋葬波吕涅克斯尸体的命令。克瑞翁自己赶快跑到郊外举行葬礼，并乞求哈得斯和赫卡忒不要生他和忒拜的气。举行完葬礼后，克瑞翁带着他的侍从来到拉布达科斯族的石棺，以便从那里放出安提戈涅。但是晚了！安提戈涅用自己的衣衫编成一个绳套自尽了。克瑞翁在石棺中碰到了伏在未婚妻尸体上痛哭的海蒙。克瑞翁乞求自己的儿子走出石棺，但是枉然。海蒙当着父亲的面，将剑刺进自己的胸膛；他僵死地倒在了未婚妻的尸体上。克瑞翁陷入了绝望——他失去了最后一个儿子。他伏在儿子的尸体上悲痛地哭了起来。

在这个时候，报信者把海蒙死的消息报告给了克瑞翁的妻子欧律狄克。欧律狄克默默地听完了报信者的话，回到王宫的内室去了。在那里，她像海蒙一样把剑刺进了自己的胸膛。克瑞翁捧着儿子的尸体回到王宫，新的、可怕的悲痛又在等着他。他知道妻子死了，克瑞翁的气焰完全被打下去了。克瑞翁失去了所有他爱的人。在绝望中，他呼唤死亡，让死亡来结束他的痛苦。

铁面无私：形容不讲情面，不怕权势，公正严明。

枉然：得不到任何收获。

后辈英雄的远征

> 十年后,在忒拜城下战死的英雄的儿子已长大,他们决定向忒拜人报仇。

在七将攻忒拜之后经过了十年。在这期间,在忒拜城下战死的英雄们的儿子已经长大成人了。他们决定为父辈的战败向忒拜人报仇。参加这次远征的有:阿德拉斯托斯之子埃吉阿勒、安菲阿拉奥斯之子阿尔克墨翁、提丢斯的儿子狄奥墨得斯、波吕涅克斯的儿子忒尔桑得尔、帕尔忒诺派奥斯之子普罗玛科斯、卡帕纽斯之子斯忒涅洛斯、希波墨冬的儿子波吕多罗斯和墨基斯忒奥斯之子欧律阿洛斯。这次远征是在不同条件下完成的。众神保护后辈英雄(这是对举行新的远征忒拜的英雄们的称呼)。

<u>德尔斐神谕预言,如果安菲阿拉奥斯的儿子阿尔克墨翁参加这次远征,后辈英雄们便可取得胜利。</u>

波吕涅克斯的儿子忒尔桑得尔<u>自告奋勇</u>去说服阿尔克墨翁不要拒绝参加这次远征。阿尔克墨翁犹豫了好久。在他没有完成父亲的遗愿、对将自己丈夫派去送死的母亲报复之前,他不打算去远征忒拜。忒尔桑得尔<u>仿效</u>他父亲波吕涅克斯的做法,取得了阿尔克墨翁的母亲埃里费勒的协助。他将雅典娜·帕拉斯亲自为卡德摩斯妻子哈尔摩尼娅缝制的宝贵的衣服送给她,收买了她。埃里费勒爱上了这套衣服就像过去她爱上那串项链一样,于是她坚持让阿尔克墨翁和他的弟弟安菲洛科斯参加远征。

后辈英雄的队伍从阿尔戈斯出发了。这支军队人数不算多,

如果……:表示假设。

自告奋勇:主动要求承担艰难的工作。

仿效:模仿(别人的方法、式样等)。

但胜利却伴随着它。提丢斯的儿子狄奥墨得斯被选为统帅，论力量和勇敢他都不亚于他父亲。英雄们欢乐地在行军，他们胸中燃烧着为自己父亲报仇的热望。

在忒拜附近的波特尼亚，他们向安菲阿拉奥斯询问了关于远征结局的神谕。神谕回答说，他将看到安菲阿拉奥斯荣誉的继承人阿尔克墨翁胜利地进入忒拜城。后辈英雄将要取得胜利。只有一个人要牺牲，他就是在第一次攻打忒拜时得以生还的阿德拉斯托斯的儿子埃吉阿勒。

最后，后辈英雄们的军队来到了有七座城门的忒拜。后辈英雄们破坏了四郊的一切后开始围城。忒拜人在其国王拉奥达玛斯——埃忒奥克勒斯的狂暴的儿子的领导下来到城外，以便击退围城的敌人。一场血战爆发了。在这场战斗中，埃吉阿勒死在了拉奥达玛斯的长矛之下，但是拉奥达玛斯也为阿尔克墨翁所杀。战败的忒拜人躲藏在坚不可摧的忒拜城里了。

战败的忒拜人开始同包围者谈判，而按照预言家提瑞西阿斯的劝告，他们夜间同妻子儿女一起秘密撤出被围困的忒拜城，向北方的帖萨利亚进发。在途中，曾经长期帮助忒拜人和不止一次地挽救他们免遭灭亡的预言家提瑞西阿斯因饮女神的忒尔福萨泉水而死。

> 撤(chè)：退。

忒拜人在长途跋涉之后到达了帖萨利亚的赫斯提奥提斯地方，并在那里落了户。

后辈英雄攻占了忒拜，并将它摧毁。后辈英雄们瓜分了他们所获得的大量财宝。后辈英雄将战利品中最好的部分，其中包括提瑞西阿斯的女儿、预言家曼托，都献给德尔斐神谕所。

> 凯旋：胜利归来。

后辈英雄凯旋。波吕涅克斯的儿子忒尔桑得尔成了忒拜的国王，并且恢复了忒拜。